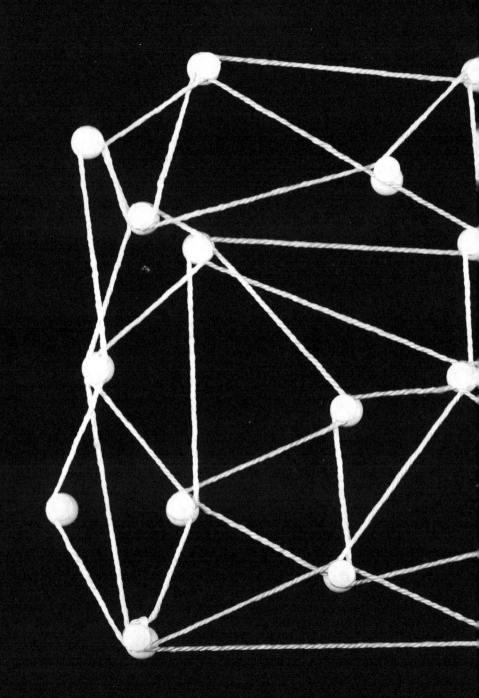

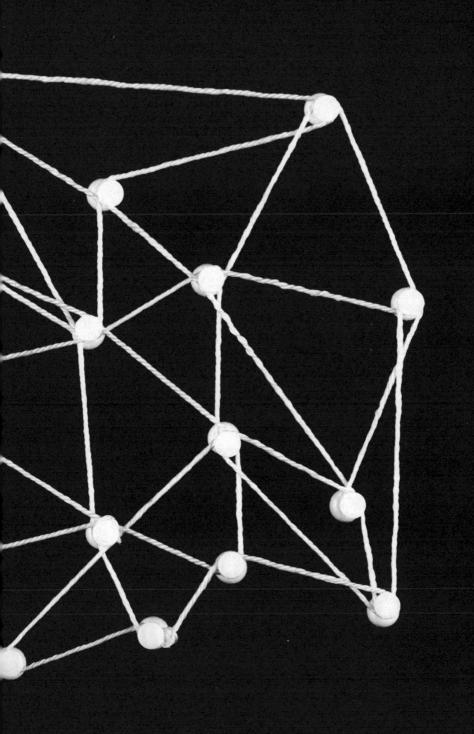

VERMELHO
Copyright © Paula Febbe, 2024
Todos os direitos reservados.

Imagens: © Alamy, © Freepik

Diretor Editorial
Christiano Menezes

Diretor Comercial
Chico de Assis

Diretor de Novos Negócios
Marcel Souto Maior

Diretora de Estratégia Editorial
Raquel Moritz

Gerente de Marca
Arthur Moraes

Gerente Editorial
Bruno Dorigatti

Editor
Cesar Bravo

Capa e Projeto Gráfico
Retina 78

Coordenador de Diagramação
Sergio Chaves

Designer Assistente
Jefferson Cortinove

Preparação
Retina Conteúdo

Revisão
Jéssica Gabrielle Lima

Finalização
Sandro Tagliamento

Marketing Estratégico
Ag. Mandíbula

Impressão e Acabamento
Ipsis Gráfica

DADOS INTERNACIONAIS DE CATALOGAÇÃO NA PUBLICAÇÃO (CIP)
Jéssica de Oliveira Molinari - CRB-8/9852

Febbe, Paula
   Vermelho / Paula Febbe. — Rio de Janeiro : DarkSide Books, 2024.
   192 p.

   ISBN: 978-65-5598-486-6

   1. Ficção brasileira 2. Suspense 3. Sexualidade
   I. Título

24-5092   CDD B869.3

Índice para catálogo sistemático:
1. Ficção brasileira

[2024]
Todos os direitos desta edição reservados à
DarkSide® *Entretenimento* LTDA.
Rua General Roca, 935/504 — Tijuca
20521-071 — Rio de Janeiro — RJ — Brasil
www.darksidebooks.com

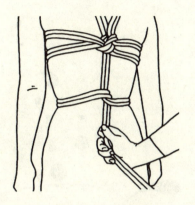

Paula Febbe Vermelho

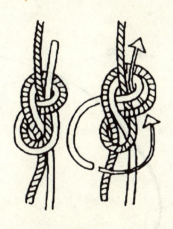

DARKSIDE

Introdução

Sempre achei o desejo um tópico interessante, pois é como se houvesse uma parte de nós que, mesmo adormecida, fica latente no nosso inconsciente. Quando comecei a estudar psicanálise, isso ficou ainda mais gritante, pois, na análise, é imprescindível que falemos sobre o desejo, e, dentro do acesso ao nosso desejo, existe um lado da maioria de nós que demora para ser descoberto. Por conta disso, não é errado afirmar que todos somos alguma perversão, mesmo que esta não possa ser exposta tão abertamente no dia a dia.

  Este livro foi criado a partir do desejo. Da vontade de falar sobre até onde podemos ir para saciar o geralmente insaciável, e o quanto podemos ser reféns daquilo que nós queremos. É uma ode ao que nos destrói, à nossa pulsão de morte, à busca inconsciente pelo nosso próprio fim.

  Parti do BDSM, *pois, em 2020, escrevi um filme sobre o tema e tive que entender como este mundo funciona. A partir das regras que eles chamam de "são, seguro* e consensual", durante as práticas, abre-se um leque de desejos, acolhimento e respeito para que o outro possa ser quem é, talvez assim, sendo o mais próximo de sua essência, mas, neste livro, preferi imaginar o que aconteceria se essas leis deixassem de ser respeitadas. E se os que se acham sãos não o fossem? E se a segurança estivesse comprometida? E se o consensual fosse mais profundo do que um simples "aceito" ou "não aceito" e alguém consentisse a prática, mesmo sem querer, apenas para agradar ao outro? O que aconteceria se nós nos perdêssemos dentro de nosso próprio inconsciente ao acessar nosso mais profundo desejo, talvez aquele que nem sabíamos ter? O que sobraria de nós depois disso?

Este livro é uma brincadeira com o que seriam as respostas destas perguntas.

Se você prestar atenção, vai ver que os contos seguem a sigla BDSM (Bondage, disciplina, dominação, submissão, sadismo e masoquismo) e suas práticas. Tudo para levar o leitor a um passeio pelo assunto.

Já sente o cheiro doce?

Paula Febbe

PARTE I
BEM-VINDO, BAUNILHA!

合縁奇縁
Aien Kien

"Destino compartilhado:
lei da atração entre pessoas"

Os olhos brilhavam de felicidade dentro de uma maquiagem impecável de gueixa. Os movimentos eram graciosos, apesar de um pouco truculentos. Avanços largos demais, grandes para uma gueixa verdadeira. Ainda assim, era uma dança que acontecia como entretenimento virtuoso. A plateia era uma só pessoa, mas ela estava satisfeita. Cíntia, a amante.
Ka – Dança. *Bu* – Canto. *Ki* – Habilidade.
Na ponta dos pés, um homem. No equilíbrio quase constante, um homem. Se prestarmos bem atenção, o era. Um homem. Kabuki. O teatro japonês retirado das mulheres e dado a eles, homens, como recompensa do que apenas eles, até então, poderiam ser na cultura oriental: livres. Cíntia assistia à maquiagem e à dança executadas por Fernando. Com felicidade, com gosto, com alegria. Ela era a mais nova dominadora dele.
Logo após aquela cena — se bem feita — haveria a recompensa: uma sessão de Shibari. Ela o amarraria nu e o suspenderia; enquanto ele usasse a maquiagem de gueixa. Sempre era lindo, sublime! Uma *sissy* gueixa, pois assim Cíntia havia pedido.
Quando amarrado, cada passar das cordas era erótico. A construção da dualidade em pertencer a uma liberdade controlada. A cada passada mais forte, o queimar da pele pelo roçar da corda, que extinguiu qualquer necessidade de ser algo além do que era preso.

Ele podia relaxar assim. Talvez só relaxasse assim, sendo aquele trecho de pessoa. No manejar do corpo dele, o gozo perante o corpo dela que, muitas vezes, também ficava nu durante a prática. Eles gostavam de se ver dessa forma. Cíntia era alguém que havia buscado pertencer a este mundo através das cordas, já Fernando era, no mundo dela, uma marionete que, prévio à não-fala durante a prática, consentia. No mundo, havia a dor não comportando a presença do caos. No caos particular, uma flor de baunilha no cabelo. Ao ser suspenso, a existência era quieta e, por isso, livre, como os pés quando não precisavam mais do chão.

花よりだんご
Hana yori dango

"Antes de flores, comida"

A segunda vez que o cheiro existiu na vida dele, foi com o hidratante que a professora de Química da sexta série usava. Uma menina, uma vez, perguntou sobre o perfume. Aquilo ficou na memória dele. Uma menina perguntar à outra sobre algo que era admirado e comentado por muitos da sala. Na cabeça delas, era amor. Na cabeça dele, conflito. Lembrava, quase que a vida toda, pelo menos uma vez por mês, do detalhe da língua da professora, ao responder: *vanilla*, e também da expressão de orgulho, ao perceber que alguém queria saber um pouco mais sobre ela.

Quando a professora andava pela sala, o roçar das coxas fazia com que o hidratante de baunilha esquentasse entre suas pernas e o cheiro se tornasse ainda mais forte. No fim do dia, ao invés de desaparecer, a baunilha tomava conta da sala. Contaminava todos os meninos — e algumas meninas —, pela leveza da indisponibilidade do levantar da saia, que apenas dançava nos dias de verão, como se não houvesse passos dados por ela, mas deslizes que contemplavam a eternidade do desejo de todos que a viam. E foi aí que o cheiro tomou conta dele, tanto que nunca mais foi embora, se tornando a flor na peruca que ele usava ao ficar suspenso.

Se ele havia tentado se tornar algo nessa vida, havia sido alguma gota de suor entre as coxas da professora, que só existiam para causar perturbações no sono. Superou parcialmente a fixação, anos depois, quando descobriu que *vanilla* era inglês para baunilha, e da baunilha na língua ele já conhecia um pouco do amargor.

✻ ✻ ✻

Tudo o que é doce dura mais? No olfato. No paladar. Nos quadris. No que insiste em ser lembrado apesar de esquecido? Não, não... com o gosto da baunilha veio algo mais. Algo que tornou as línguas de todas as mulheres que o beijaram, continuamente amarradas, como se houvesse, constantemente, vinho tinto em suas bocas, pois se há uma coisa que dura mais que o doce, é o amargo. Com a força do amargor, todo bolo saboroso vira regurgitação prévia.

Sub Fernando, como começou a ser chamado após entrar no BDSM, era submisso apenas nos momentos em que servia às *Dommes* do BDSM. Gostava de ser preso, passar por *Spanking*, ter um pé de uma mulher o pisoteando, e tudo o mais que a dominadora gostasse de fazer, mas tudo sempre *dentro* dessa vida. Fora da posição de submisso, e pelo diagnóstico do Dr. Oetker, era um narcisista perverso no sentido mais literal da expressão. Afinal, com o cheiro que havia nas mulheres, havia a raiva intrínseca de não ser capaz de cheirar como elas — frustração que ele guardava a sete chaves. Como narcisista, não era capaz de amar as pessoas, apenas capaz de se acolher no que elas traziam como vantagens. Esse também era outro segredo bem guardado. Como submisso, já era comprado pelas *Dommes* que ele era um homem frágil. Ledo engano. Havia aprendido há pouco tempo, com Cíntia, a se olhar no espelho e se enxergar vestido de uma boa gueixa em uma peça de teatro Kabuki. Se permitiu ser um pouco mais do que ele queria, mas ainda por dentro de sua fantasia, era um homem fazendo a personagem de uma mulher, e isso era aceitável para ele. Quase alegórico. O tanto que ele realmente desejava aquilo, nem ele mesmo poderia saber. Já o inconsciente gritava a lembrança da saia da mãe. Gritava a lembrança da saia da professora que usava hidratante de baunilha nas coxas.

Na vida cotidiana e fora do BDSM, Fernando era um construtor das mais profundas intrigas entre mulheres que alguém pudesse imaginar.

Não se sabia se fazia isso para se sentir desejado ou pela simples obsessão de estar no controle. Havia amado sua mãe, mas ela sempre o colocava de castigo, mesmo quando ele brincava. Mesmo quando ele limpava algo no intuito de agradá-la. Ela o criticava. Parecia que ele não conseguia deixar nada muito limpo, que não fazia nada direito. Errava quando não guardava os brinquedos no lugar exato. Errava quando ligava a TV no canal errado. A mãe constantemente batia a ponto de deixar marcas roxas em seus braços e pernas, que depois ele levava como troféu por sua falta de obediência. Virava troféu, pois não poderia virar dor. Não havia espaço para isso, afinal dor era recompensa para alguém que ele não queria recompensar. Fernando ganhou tantos troféus dolorosos, que deixou até de amar a si mesmo, mas nunca de amá-la. Engano achar que narcisismo é amor próprio. É exatamente a falta dele. E foi assim que Fernando virou algo que o destruiu. É o que acontece com crianças menores que as perversidades de seus pais.

※   ※   ※

A primeira vez que ele se lembrava de ter apanhado muito fora em um aniversário de sua mãe. Como presente, Fernando havia comprado um perfume para ela. Aroma baunilha, pois o lembrava da professora. Juntou dinheiro da mesada durante meses e foi comprar o presente na farmácia que havia perto de casa. Quando entregou o pacote brilhante, com tanta felicidade que mal cabia nele, a mãe passou o perfume, agradeceu o filho e, pouco tempo depois, o espancou, tão logo percebeu que ele havia segurado o bolo de aniversário de um jeito errado na hora de colocá-lo na mesa, tentando ajudá-la. Dois dedos de uma de suas mãozinhas haviam entrado no glacê barato e estragado a decoração lateral do que seria o símbolo de adoração a ela naquele dia. Dois dedinhos torcidos.

A festa inteira pareceu horrorizada ao ver o quanto a mulher batia no filho. Mas era aniversário dela, anos oitenta e era assim que se educava alguém. Sorrisos amarelos tomaram conta das bocas dos convidados, mas as críticas eram segredos calados. Não havia nada errado em ser espancado, ele pensou. Era esse o recado dos adultos. Mesmo amarelos, ainda eram sorrisos. Criança não sabe a diferença entre a verdade e a mentira nas expressões dos que já cresceram. E as bocas se abririam para comer o bolo ruim em homenagem à sua mãe abusadora, não importava o quanto ele chorasse.

.

かえるの子はかえる

Kaeru no ko wa kaeru

"Filhote de sapo, sapo é"

Além do perfume de baunilha e da violência, a mãe sempre havia tido uma ampulheta em casa. Uma ampulheta de areia branca, que mais parecia açúcar. Uma ampulheta que parecia contar mais devagar o tempo quando as coisas eram tristes. Uma ampulheta que contava um tempo que seria impossível saber se era uma hora, um dia, ou um minuto, pois parecia contar um tempo diferente a cada virada.

Quando criança, ele achava que a ampulheta era um brinquedo de adulto, então, não poderia mexer. Quando adulto, começou a achar que o tempo era brinquedo de criança.

*   *   *

A mãe de Fernando já havia falecido, mas ele estava adulto quando isso aconteceu, (apesar de virarmos crianças no momento em que nossos pais morrem). No velório, o caixão fechado fazia parecer que ela não estava lá. Talvez não estivesse mesmo, afinal alguém que já morreu não deveria viver tanto dentro do filho. Com o fim dela, um giro na ampulheta na casa dele. Nova fase da vida. Novo tempo. Novo fim por vir.

覆水盆に帰らず
Fukusui bon ni kaerazu

"A água derramada não volta para a tigela"

"Bom dia!"

Era a expressão que a esposa havia deixado de dizer. Falava sempre, mas parecia que, cada vez mais, estava irritada com as vontades, preferências e personalidade de Fernando. Talvez até desapontada por ele ter acordado em mais um dia. Incomoda dizer "Bom dia" quando a gente preferia que o outro não tivesse aberto os olhos.

Veja bem, o casamento sempre havia sido aberto para as práticas submissas dele e para as relações baunilha dela. Ela sabia que não tinha como lutar contra quem ele era. Mas, agora, vinha acontecendo algo novo. Algo pior. A perversão dele perdurava com as marcas de cordas que demoravam até o dia seguinte para sumir, e quando sumiam, davam lugar a muitos hematomas, que demoravam de dez a quinze dias para desaparecer completamente. Ela reparava nas manchas esverdeadas. Ela reparava na impressão das cordas. Reparava, também, que havia começado a haver restos de uma tinta branca no rosto do marido quando ele chegava mais tarde em casa, e isso era algo que ela não sabia significar.

Algumas vezes, quando ele se deitava, um pouco da tinta branca repousava no lençol de flores e deixava mais marcas sem nome no travesseiro. Fato é que, quem ele era, agora incomodava. "Bom dia, o cacete!", pensava, mas não dizia. A esposa sempre soube que existia algo estranho ali. Uma espécie de vingança que ele praticava. Um jogo com ela que só parecia existir para que ele gargalhasse por dentro, e sozinho. Ela se sentia totalmente negligenciada. Ficava triste por não haver elogio vindo do marido, do mesmo jeito que havia com outros homens que ficavam com ela. Homens, estes, que ela só aceitava por saber que nunca teria a fidelidade completa do marido.

Eles, os outros, diziam coisas lindas. Elogiavam seu rosto, seu corpo, sua pele, seus olhos e louvavam toda sua beleza com uma delicadeza que só era possível na verdade. Ela sabia que mexia com os homens, gostava disso, mas não era o que mais importava em sua vida. Tinha muito mais dentro dela para que fosse resumida a isso. Era linda, e não precisava provar o óbvio a cada cinco minutos. Já Fernando, que parecia nunca a notar, a deixava triste. Logo ele. O marido. Ele que havia pedido para casar com ela, um dia. Deve ter visto algo bom sobre ela um dia, não? Ainda que fosse beleza?

Também ficava triste por ele nunca dizer nada de bom sobre ela, e tudo de bom sobre todos os outros. Parecia até ser pessoal. Com o tempo, o desprezo fez com que ela se tornasse alguém mais triste. Começou a duvidar de suas capacidades, o que, para ele, também servia como acusação — ela havia se tornado alguém "diferente de quem ele conheceu". Para ele, ela nunca dizia nada certo, andava do jeito certo, cozinhava do jeito certo, comia do jeito certo, respirava do jeito certo, se vestia do jeito certo, desligava o chuveiro do jeito certo, colocava as facas para secar do jeito certo, varria a casa do jeito certo, se olhava no espelho do jeito certo, arrumava o cabelo do jeito certo, marcava os livros que lia do jeito certo, chorava do jeito certo. Nunca. Nada.

Era frequente que se encontrassem com amigos, e que ele nunca a elogiasse na frente deles, também. Imagina! Não elogiava nem longe, dizer que ela pensava algo bom na frente dos outros, seria como dizer que ele era fraco. Fernando falava bem das mulheres da festa. Elogiava tudo sobre elas. Falava bem dos homens da festa. Elogiava tudo sobre eles. Mas se a esposa abrisse a boca, ou ela estava errada ou havia dito algo que, por alguma razão, se tornara motivo de piada. Algo que ele repetia em voz alta, em tom de escárnio, para que todos os amigos pudessem rir com ele. Alguns compravam e riam. Outros se sentiam constrangidos, do mesmo jeito que os colegas da mãe ficavam quando ela o espancava na infância.

Quando a esposa se arrumava para tais festas, também nunca ouvia nada de bom sobre seus vestidos ou sapatos. O elogio era monopólio dele. A vida a dois era monopólio dele. Moravam na mesma casa, mas era como se não existisse nada em comum. Talvez não houvesse mais, mesmo. Então, ela saía, às vezes. Um cara aqui, outro ali, para tentar ter um pouco de amor.

Tudo acordado com Fernando. Não que Fernando se importasse.

Por ele, ela saía com quem quisesse. Se tivesse amor fora, melhor. Aí ninguém precisava encher o saco dele.

* * *

Ainda assim, ainda com tudo isso, havia algo que a segurava ao lado dele. Talvez comodismo. Talvez conformismo. Talvez poder ficar com os outros homens sem ele se importar, e ver como as coisas seguiam. Ele, como bom narcisista, gostava de saber que ela estava incomodada com marcas que outra mulher havia deixado nele.

Mas era assim, não era? Ela já havia entendido, e talvez essa fosse a maior razão para ficar: o pouco de pena que tinha dele. Havia raiva, sim, mas a pena ficava lá dentro. No fundo. Como o som de um motor de dentista que mexe nos dentes de outro, enquanto você está na sala de espera. A revolta dele era vingança íntima contra os espancamentos da mãe o tempo todo. A esposa sabia. De alguma forma, sabia. Mas a pena é traiçoeira. Um belo dia ela pode te abocanhar. Engolir a pessoa inteira sem possibilidade de volta. Quem ele era desapontaria até a menos exigente das mulheres. Ele sabia. Era de propósito. Mesmo assim, ela queria ficar. Vai entender!

Quem sabe ele tivesse algo de muito especial. Ou talvez ele não tivesse nadinha de especial, só fosse fácil, tirando o que tinha de difícil. E fácil é sempre bom, até entediar. Mas o que é difícil também entedia e, às vezes, nem mesmo recompensa. Humano é mais rato que humano. Até o pior dos ratos deve saber disso.

Às vezes, Fernando trazia alguma recompensa. Às vezes, muito raramente, fazia um pequeno elogio. E, assim, ela o guardava por meses, como uma relíquia. Guardava para fazer parecer que ela não precisava mudar o que estava terrível em sua vida. Deixava o pouco dele a convencer. As relações vivem de retorno certo na hora certa. Quando não há sincronia, não há nada. Ele fazia o que fazia por retorno e ela não o esperava mais, pelo menos conscientemente. Por isso, quando vinha, a proporção era descomunal. Talvez ela não entendesse que era dessa forma que a vida dele se fazia, e refazia. Dentro de um lugar que só ele sabia que existia. Dentro do que soltava, depois prendia. Dentro do que escravizava, era bom ser mandado por quem você desejava que quisesse você.

E, no fundo, até ela sabia que o modo dele agir a havia feito não o querer mais. Ela só, ainda, não era capaz de admitir.

※　※　※

Antes de Cíntia (a atual dominadora), por muitos anos, Fernando havia gostado de ser um móvel. Já havia esperado, de quatro, a dona dele, da época, voltar, pois ela havia dito que precisava encontrar alguém além dele em um determinado dia. Fernando se esbaldava com o próprio sofrimento quando vivia seus momentos de submissão. Tinha vontade de ir ao banheiro, mas não ia. Ela havia dito que não. Ela havia dito para não ir, e ele precisava aguentar o máximo que pudesse. Também, nem se ele quisesse sair. Naquele momento ele era uma mesa amarrada à cama, só com um balde ao lado, caso as necessidades fossem ultrajantes.

Uma hora, ela voltaria.

Provavelmente, ainda no mesmo dia. Ou não. Impossível ter certeza. De qualquer maneira, era assim que ele ficava confortável. Lá e em qualquer outro lugar em que ele pudesse ser o que elas quisessem, as dominadoras, fazendo tudo o que elas pedissem. Por sorte (ou azar), na ocasião ela voltou no mesmo dia e ele se comportou direitinho, tão direitinho que muitas sessões se seguiram depois daquilo. Com ela e com outras dominadoras. Fernando foi mesa, cadeira, máquina de lavar louça... foi bom, até que ele cansou do chão e preferiu ficar preso ao teto.

*　*　*

O desejo de ser dominado começou a ficar mais gritante quando, adolescente, Fernando foi dormir na casa da prima. A bota dela estava no chão, à sua frente. Numa casa cheia de primos, não havia cama para todo mundo. Fernando sentiu o cheiro do que havia sido o pé suado dela andando pelas ruas da cidade naquele dia, naquela semana, naquele mês. Melhor que baunilha. Mais doce que o bolo da mãe.

Ficou imaginando o caminhar dela enquanto não estava perto dele. Sentiu vontade de brigar por não saber por onde ela havia andado, mas também queria fazer, daqueles passos, algo dele. O caminhar dela sem ninguém para dizer qual o melhor caminho, onde ela deveria estar. Lembrou do bolo com baunilha que a mãe fazia, mas também lembrou dos passos da mãe chegando do trabalho em casa. Com os sapatos. O barulho dela ao chegar.

As sensações de tensão e proteção que se emaranhavam, pé ante pé, junto com o andar dela. A mãe era uma ameaça acolhedora. O suor erótico feminino. O mesmo que escorre entre os dedos dos pés após um dia cheio. O mesmo que desce pela nuca de uma mulher com cabelo preso. Se ele lembrasse de quando engatinhou, teria lembrado do cheiro. Talvez seja aí que tudo se conecte. Por isso os pés haviam sido porta de entrada. Preenchiam os sapatos e tomavam conta da falta que existia nele. Eles chegavam até ele e, onde pisassem, traziam uma casa. Esse era o problema.

家ほどいい所ない
Uchi hodo ii tokoro nai

"Não há melhor lugar que nossa casa"

Nas sessões que se seguiram com Cíntia, ele se descobriu cada vez mais leve. A cada nó, mais cinismo com todo o resto do mundo que não era a dominadora. Havia algo curioso naquilo tudo. Algo curioso em Cíntia.

    Ela era jovem, sim, porém, de jovem, cada vez mais, parecia só ter a idade. Algo no corpo de Cíntia não fazia sentido e não condizia com quem ela dizia ser. A cada nó feito, Cíntia parecia ter o corpo mais "único". Algo que ele nunca tinha visto antes.

※ ※ ※

Cartola. "O mundo é um moinho. Ainda é cedo, amor. Mal começaste a conhecer a vida, já anuncias a hora de partida". A mãe dele costumava ouvir essa música com uma expressão de prazer. "Triturar os sonhos tão mesquinhos". Ele já era maior quando começou a perceber algo nas expressões da mãe. Algo no ato que não condizia com o discurso.

    Poucas coisas eram ditas e, talvez, esse fosse o segredo. Na fala da esposa, havia uma consistência que, talvez, ele devesse querer esquecida, pois ela trazia muito do que ele não queria mais ver. Todo dia ver demais é trágico, e tragédia só vale de algo quando sentimos orgulho de nós mesmos por não sermos outro. Fernando não sentia. Vai ver por isso só sentia prazer na vida ao ser punido por alguém que não o amava.

※ ※ ※

Antes, ele ia encontrar Cíntia uma vez por semana. Depois, viraram duas vezes. Depois, três. Sessões por vídeo. Dominação à distância, quando não estavam juntos. A menina se amarrava, e ele via. Ela se amarrava, e ele se masturbava. O reino proibido exposto em frente a quem jamais quisesse ver. Era sexo animal. Não a parte selvagem. Não a parte bonita por ser cheia de desejo. Sem pérolas, as pérolas atrapalhavam.

Todo tempo era pouco tempo para tanto nó, e todo nó amarrava o suficiente para que os dois continuassem ali. Um dia, o desejo foi tanto, que Fernando levou Cíntia para casa. Assim, sem cerimônias. Na sala, decidiu se amarrar com ela, até que a esposa chegasse. Então, decidiu continuar sendo amarrado enquanto a esposa estivesse ali. No final das contas, era o que ele mais queria: a triangulação narcísica perfeita. A triangulação da professora com cheiro de *vanilla* e a aluna. Sempre a tentativa de colocar uma mulher contra a outra para que ele se sentisse adorado.

A esposa chegou enquanto Fernando elogiava a dominadora e era amarrado, e ela sabia que não valia a pena contra-argumentar. Mas sim, doía, e não doía pouco. O exato amargor da essência de baunilha.

※ ※ ※

Assim que Cíntia foi embora, a esposa perguntou:
— *Quantos anos essa menina tem, Fernando?*
— *23.*
— *Parece bem mais velha, né?*
Ele não concordou, pois não concordava. Mesmo se concordasse, não concordaria.
Fernando foi dormir.

* * *

Porque o incômodo e o constrangimento da esposa o divertiam, virou uma frequente chegar em casa e ver o marido sendo amarrado pela menina. A cada vez que isso acontecia, a esposa se sentia mais traída. Ainda assim, aos olhos da esposa, Cíntia parecia cada vez mais disforme, e parecia surreal que ele não visse nem comentasse sobre esse detalhe.

O sentimento era de cada vez mais desgosto pelo marido ser quem era. Por não ser capaz de ver grandeza nem se ela o atingisse como uma bala de chumbo no meio do rosto. A grandeza, negligenciada. A mediocridade, recompensada. Todo dia. Cada dia. Todo dia um pouco mais.

Quando Cíntia e Fernando faziam sessão em algum outro lugar, havia maquiagem de gueixa e suspensão. Quando estavam na casa dele, apenas amarração.

O casamento sempre havia sido aberto e, por conta disso, a mulher não podia dizer nada. Porém, cada vez que a menina ia embora, mais uma briga. Como ele não via o quanto ela se incomodava com aquela situação? Ou ele via? O que estava acontecendo?

A verdade simples é que cada vez menos ele faria algo de que a esposa gostasse. Algo que fizesse bem a ela. Esse não era o papel dela na vida dele.

行く者は追わず、来る者は拒まず
Iku mono wa owazu kitaru mono wa kobanazu

"Não corra atrás, que o abandona.
Não espante, que se aproxima"

Um dia, a esposa notou algo novo. Ao segurar um copo de suco de laranja, Cíntia tremia como se não houvesse força para segurar o copo. Estranho. Pele grossa, porém, quase transparente.

A mulher olhou seu próprio pulso. O pulso dela parecia mais jovem, mas era 20 anos mais velha. Estranho. Mesmo com o relógio contando cada minuto e fazendo gritante o passar do tempo.

Quando a menina foi embora, aquela vez, não houve briga. A esposa ignorou Fernando, entrou no banheiro, tirou a roupa e se olhou no espelho. Linda. Rosto perfeito. Corpo escultural. Porém, havia seu marido. Seu marido a tinha, mas não a via. Havia o nó, por um fio, atado entre eles, como os nós atados nas cordas.

※ ※ ※

A esposa não sabia mais se sua revolta era ciúme, pena dela mesma, dele ou desesperança. Seu coração batia mais rápido do que nunca. Ela não sabia mais o que era viver sem angústia. Não sabia a razão de ainda ficar. Humano era rato, e as recompensas dela só diminuíam.

✳ ✳ ✳

Um dia, a esposa perguntou:
— Fernando, por que você gosta dela?
— Ela é jovem.
— Mas do que isso importa?
— Ela é jovem.
— Eu não sei... cada vez que eu a vejo, ela parece 20 anos mais velha, isso não é normal, você não vê isso? Alguém envelhece tão rápido assim?
— Ela é jovem.
— Ela é desinteressante.
— Ela é jovem.
— Ela... é... uma... coitada.
— Ela é jovem.
— Tem alguma coisa estranha com ela, Fernando.
— Você só tá com ciúme por ela ser jovem.
— Ai, Meu Deus...

Enquanto isso, as pernas da menina pesavam toneladas à espera da ligação que Fernando faria mais tarde, quando a esposa dormisse. A jovem tinha estrias, seios caídos e genitais escuros. Mas ela era jovem, então não importava. Se fosse mais velha, seria o que ele criticaria sobre ela para os amigos, como muitos outros homens.

As cordas apertavam as varizes e faziam o corpo quase parecer que, a qualquer momento, não ia mais conseguir se sustentar. A esposa, triste e, por isso, ainda mais linda, foi chorando para o quarto. Não sem antes sentir uma vontade inexplicável de virar a ampulheta dona do tempo, que não deixou cair mais do que duas areias brancas por minuto, dentro de nenhum minuto além do que ela conseguiu contar.

✳ ✳ ✳

Sempre havia parecido que a shibarista não costumava tomar banho. Os cabelos bastante longos, se mostravam constantemente pesados, sujos do suor que caía por amarrar as pessoas. Fernando, no entanto, sentia um cheiro maravilhoso. Não era baunilha, não, era óleo. Algum óleo. Algum óleo que fez com que, de alguma forma, ele tivesse vontade de ficar ainda mais perto. A amante fazia alguns nós. Ele fazia outros. E assim nunca mais se soltavam.

Quando chegava em casa e via a esposa, sem cordas e nó nenhum, Fernando sentia-se preso. Às vezes, gritava que queria liberdade, mesmo sem estar preso e com todas as portas abertas. Mesmo se todas as portas estivessem trancadas, ele tinha cada uma das chaves.

A esposa só olhava, sem entender contra quem ele estava lutando. Contra ela ou ele mesmo?

Mas este era ele ali. Se podia dizer algo um pouco ofensivo para a esposa, assim o fazia. Se ela estivesse ainda mais bonita, mais ofendida seria.

Toda vez que ia à casa dele, a shibarista, amarrada a ele, comia bolo com cheiro de baunilha, Dr. Oetker, feito pela esposa. Ele, amarrado a ela, fascinado com a juventude que só ele enxergava. A esposa, ansiosa, precisava que a menina fosse embora, para resolver coisas práticas do dia a dia.

* * *

O interessante da vida sempre é perdido quando o que vivemos é apenas o desejo de mudar a realidade e fazer dela algo que possa ser suportado.

郷に入りては郷に従え

Gou ni itte wa, gou ni shitagae

"Ao entrar numa vila, respeite os que ali moram"

Fernando havia dito para Cíntia que a esposa dele a achava mais monstruosa do que era. Cíntia não gostou do que ouviu, afinal não desejava ser vista assim por ninguém.

— Que mulher ciumenta você tem! — Refinou sua ira.

Agora, com isso, e por causa dessa raiva, Cíntia havia bolado uma nova ideia para Fernando. Era assim que ela agia: se vingava dos outros quando não conseguia suportar uma ofensa íntima. A partir daquele dia, Fernando faria um novo teatro para compensar a fala da esposa e o fato dele ter contado o que a esposa disse a ela. Kabuki havia se tornado delicado demais. Fernando não merecia só isso. A pintura no rosto, então, precisava dar lugar às máscaras. O teatro Noh seria o que faria mais sentido, agora.

Ela não precisaria olhar para a cara dele caso falasse mais alguma merda.

※ ※ ※

Originalmente, um réquiem, o Noh tratava de períodos brilhantes da vida de uma pessoa falecida. Servia como memorial, trazendo de volta as melhores lembranças dessa pessoa.

A ponte Hashigakari é o que leva o ator ao palco principal e simboliza a passagem entre os mundos dos mortos e dos vivos. Talvez fosse esse o desejo de Cíntia: representar o casamento de Fernando como algo morto e fazê-lo conectar-se com ela, o palco do mundo dos vivos. A Hannya é a representação da mulher traída e, no teatro Noh, existem três: Namanari, que não foi totalmente transformada em demônio, tem uma aparência mais humana, Chunari, que foi totalmente dominada pelos sentimentos negativos, tem grandes chifres e aparência bestial, e Honari, que possui um corpo animalesco, que lembra o de uma serpente.

Obviamente, Cíntia entregou uma máscara de Hannya Chunari e o fez treinar o tanto que pudesse para uma apresentação que faria para ela. Ele, ainda, treinaria e estudaria em casa. O sadismo de Cíntia, também, estava nos pés de Fernando que, ao gostar de ser suspenso, precisava, agora, aprender a Ashibyoshi, batida rítmica dos pés do teatro Noh.

Ele dançaria como uma Hannya Chunari, a mulher traída, e só então, seria suspenso de novo.

Se fizesse direito

蓼食う虫も好き好き
Tade kuu mushi mo sukizuki

"Insetos que comem erva daninha o fazem por gosto"

Cíntia sabia que, quando usavam máscaras, os atores do teatro Noh enxergavam ainda menos.

※ ※ ※

Todo palco de teatro Noh tem seis metros, então, os atores compreendem exatamente o número de passos que precisam ser dados para chegarem onde é feita a cena.
   Pés no chão.
   Pés.
   Batendo.
   Ecoando um caminho.
   Pés como guia.
   Passos.
   Pés.

※ ※ ※

A esposa tinha cada vez mais raiva das cordas, pois o fascínio dele pareceu fazer com que apenas as amarras existissem. A vida, agora, era feita de outros nós. Ao olhar profundamente nos olhos dela, houve tempo. Não por ela. Não pelo que havia sido feito deles, mas pelo brilho que havia se apagado. Brilho de algo que ele nem sabia se um dia havia significado alguma coisa, pois Fernando nunca deixava nada claro. Nunca parecia saber de nada, claramente, também.

Cada vez que o marido chegava em casa, ela percebia as marcas das cordas, que tinham dificuldade para sair do braço dele. Quando não havia a marca das cordas, havia um olhar ou outro, que deixava claro que ele não estava mais lá. Um dia, ela tentou. Colocou as mãos no roxo do braço dele e disse, olhando profundamente em seus olhos:

— Eu sinto sua falta.

Ele beijou sua testa e foi para o banho.

Fazia tempo que não a beijava.

*   *   *

Haveria um show de Cíntia. Ela se apresentaria fazendo Shibari em um restaurante que parecia, até pela atração, não ser um lugar muito familiar. A esposa ficou sabendo e decidiu ir assistir ao show sozinha, para ver e entender melhor como era o comportamento de Cíntia longe de Fernando. Queria saber mais. Entender melhor quem era a menina.

Quando chegou, ficou ainda mais confusa. Achou que o restaurante tinha paredes carcomidas e ar decadente, o lugar era quente demais. Mais quente do que qualquer praia onde já tivesse estado. Todas as cadeiras pareciam desconfortáveis e os barulhos dos pratos e alimentos sendo entregues à mesa eram mais altos do que qualquer conversa possível no local. Onde o show aconteceria, em um galpão dentro do restaurante, também havia uma estética duvidosa. As cordas penduradas do teto, por exemplo, fariam o lugar ser facilmente confundido por um desavisado com a seção de frios de um açougue.

Cíntia havia chegado. A esposa a via de longe. O corpo de Cíntia parecia ainda mais estranho, deformado, mas estava praticamente nu, portanto, para muitos ali, valia mais do que qualquer carne vestida. A fantasia de apresentação dela parecia não ter sido muito pensada. Nem a de todos os outros.

Todos, quase nus, usavam, por cima do corpo, roupas que pareciam gaiolas de pvc. Vestidos. De. Gaiolas. Os genitais resguardados em gaiolas de plástico. Enquanto isso, os sons do local comportavam gritos de horror que a esposa ouvia, mas não tinha ideia de onde vinham.

No ato de estender as mãos para qualquer coisa, o mesmo pulso trêmulo de Cíntia se fazia presente, observado de longe pela esposa de Fernando. O pulso, ainda mais frágil e quebradiço. No rosto, agora Cíntia tinha uma pintura falha de algum animal não identificado, que parecia feita por alguém que ainda não havia aprendido a desenhar.

Eram cenas de um excêntrico Halloween, cujas fantasias desmontariam com o bater da primeira ventania.

※ ※ ※

Chegou, então, a hora do show.

Quando a cena começou, era um teatro bizarro de amarrações. Atores que subiam uns nos outros e tentavam se equilibrar, sendo mais completos do que sozinhos. As pernas de Cíntia, cada vez mais inchadas, retinham boa parte do líquido do corpo, e resfolegavam em cima das cordas.

O movimento corporal era pobre, desengonçado e duro. Estava claro que Cíntia nunca havia sabido o que fazer com a própria estrutura. Os ombros, sempre curvados, mostravam uma postura de esquecimento social. Os olhares trêmulos de todos os outros revelavam uma postura de esquecimento particular.

Durante o show, parecia haver algo de errado com todos eles, mas também parecia que alguém havia se esquecido de avisá-los. Eram quase bonitos. Quase interessantes. Quase graciosos. Quase. Realmente havia algo errado. Algo que não poderia ser muito bem sentido.

Era verdade. Para muita coisa nessa vida faltava nome e aquela cena era a prova disso.

O calor queimava tanto o chão que, mesmo de sapatos, era possível ter a impressão que as solas logo derreteriam. Com cada movimento novo de cada um que se amarrava, tornavam-se algo mais perto de alegorias de um desfile de carnaval pós-chuva.

Todos quase nus com o suor nunca lavado nos corpos.

Os cabelos pesavam tanto quanto o cabelo de Cíntia. Era dali que vinha, então. Aquele óleo. A intenção era que toda a "dança" fosse bonitinha. O resultado era triste. A intenção era que parecesse uma brincadeira entre pessoas que adoram mexer com os corpos dos outros. O resultado era uma coreografia de desesperados. Todos pareciam tremer e não conseguiam se firmar nas cordas do modo como era esperado. Genitais presos em gaiolas de plástico. Um teatro mal feito por algum segundo colegial com severos cortes de verba.

Rezava a lenda que eles eram jovens. Diziam que eram. Lidavam com a vida como se o fossem, mas os corpos... algo não fazia sentido. Alguma coisa fazia parecer que não eram vívidos. Que não eram sequer reais.

Havia, sim, uma imaturidade que se apresentava como uma falta de honestidade que eles tinham com eles mesmos. Pareciam procurar diversão, mas procuravam se autodestruir. Isso era claro.

Se as apostas estivessem corretas, eram jovens, sim, porém tristes, deprimidos e perdidos que tentavam, de qualquer maneira, guardar em segredo sua falta de confiança, que se expunha a qualquer um que olhasse um pouco mais a fundo, qualquer um que não fosse superficial ou interessado naquela decadência. Era o que ela via tão facilmente.

Talvez o tempo trouxesse a vergonha pelas ações da juventude. Ou talvez a juventude desnuda mostrasse a vulgaridade do tempo.

Talvez só conseguissem viver como se buscassem um suicídio. Aquela espécie de suicídio que só comete quem não tem coragem de se matar. Não se sabia. O que se sabia é que havia tristeza naquela simulação de liberdade. Pássaros presos no teto que precisavam voar, sem jamais conseguir.

A esposa bem tentou ver os acontecimentos com ternura, mas o único sentimento que a alcançou foi alguma compaixão, talvez.

Nada que diminuísse o incômodo e o nojo que ela sentiria ao ver Cíntia, novamente, em sua casa. A esposa de Fernando não aguentou muito tempo. O chão estava quente demais, então ela foi logo embora. Cíntia não a viu chegar, nem sair.

* * *

Ao chegar em casa, a esposa deu um sorriso de canto de boca, pois mesmo com tudo aquilo, havia pensado em algo engraçado. Na próxima apresentação de Cíntia, ela lembraria de levar a única coisa que havia faltado para completar o todo: uma cartolina com o nome do show.

Realmente não seria possível que ela enxergasse a situação de maneira diferente, quando Fernando havia imposto essa interpretação através de sua triangulação. Para ela, não era possível haver beleza ali, pois a beleza de Cíntia era feita de sua vulnerabilidade, do prazer sádico de Fernando a ver desaparecer diante dos olhos dele.

* * *

Sincericídio. Conhece o termo? No dia seguinte, a esposa decidiu contar a Fernando que havia ido, às escondidas, ver o espetáculo de Cíntia. O problema para ele é que sozinha não havia triangulação narcísica.

A esposa, pela primeira vez, foi verdadeiramente ameaçada. Fernando falou com mais intensidade sobre a morte dela do que jamais havia falado sobre amor. Foi chamada de ciumenta, louca, puta. Logo ela, puta...
(Tanto ódio seria por não o ter chamado para ir junto?).

Não houve pedido de desculpas. Para que ele se desculparia com ela, que havia se tornado tão pouco com o tempo? Ele tinha certeza que tinha razão. A frase ecoou na casa que parecia maior do que nunca.

— *Eu quero te destruir, sua puta de merda.*

悪に強ければ善にも強

Aku ni tsuyokereba zen ni mo tsuyoshi

"O empenho empregado em se fazer o mal
é o mesmo empregado para se fazer o bem"

Fernando saiu de casa após a briga. Deixou a mulher que, mesmo com tanto sofrimento, queria consertar as coisas. Abuso é um veneno viciante, pois te faz achar que você precisa dele pra viver. Que sua vida não é nada sem ele.

Já para Cíntia, Fernando havia treinado. Andou exatamente os passos necessários para fazer parecer que a sala de Cíntia era um teatro Noh. Seis metros. Bateu os pés no chão com toda a consistência que o Ashibyoshi pedia. Primeiro um pé. Depois, o outro. Depois, os dois.

Sem enxergar nada por conta da máscara, Fernando sentia um pouco de medo de deslizar e cair com as meias que usava, em compensação, a máscara também tampava qualquer expressão de incerteza que ele pudesse transparecer. Naquele momento, ele era a Hannya Chunari perfeita, se contorcia atuando como uma verdadeira Hannya se contorceria: ardendo em pavor, dor, rancor e ciúme.

Com a vocalização da Hannya, Fernando, por trás da máscara, começou a chorar. O narcisista, sem ter como perceber seu próprio rosto em um espelho ou com suas mãos, tornou-se outro durante a peça. Sentiu remorso, pela primeira vez. Acreditou em sua própria atuação e foi consumido pela Hannya. Fernando sentiu ciúmes de todos os homens que a mulher havia tido durante o relacionamento deles. Imaginou cada mão, de cada um dos homens, percorrendo o corpo da mulher. Imaginou os gemidos dela com os outros. Pensou no suor deles caindo no corpo, nu, dela. Naquele momento, inclusive, um outro homem a consumia, muito melhor do que ele. A fazia gozar mais. Mais forte. Trepava com ela em posições desconhecidas por ele e lhe dizia o quanto ela era linda, o quanto ele a desejava.

Durante o sexo com o outro homem, a esposa conseguiu o que queria e, em nenhum momento, lembrou-se dos abusos. Nem de Fernando. Nenhum. Tinha só prazer. Coisa que Fernando nunca havia sido capaz de dar sem sofrimento.

A cada batida de pé de Fernando no chão, um gozo mais forte da mulher com outro homem, e um choro maior, real, sofrido de Fernando. A cada passo avançado no palco, mais longe a esposa ficava.

🕷 🕷 🕷

Naquele dia, Fernando desistiu da sessão de Shibari pós-peça, mesmo com a aprovação de Cíntia. Saiu correndo da casa dela para a casa dele e da esposa. Tentou encontrar a mulher que chamava de sua, que não estava. Fernando chorava sem parar, ligava para ela, que não atendia. Ele tentou telefonar até acalmar seu desespero e dormir, ainda com lágrimas nos olhos. Naquela noite, dormiu sozinho na cama do casal.

O mundo dos sonhos levou a Hannya e o remorso de Fernando embora. No dia seguinte, quando encontrasse a esposa, provavelmente já seria tarde demais. Fernando acreditava que voltaria a ser o pior homem possível para ela, mais uma vez. E ela, nunca imaginaria que ele algum dia havia sido outra coisa além de alguém cruel.

Nunca soube que seu marido havia chorado por ela.

人のふり見てわがふり直せ
Hito no furi mite waga furi naose

"Observe o comportamento de uma
pessoa e corrija o seu próprio"

Às vezes, o ciúme é desespero. Por tentar mostrar a mediocridade do outro que só você vê. Devia ter outro nome. Também criam nomes demais quando não deveria mais haver. O nome do ciúme devia ser "o que eu vejo", como um ideograma. Talvez lente. Talvez tempo. Talvez saudade.

※　※　※

Cíntia, agora, aparentava ter perto de 90 anos, e não conseguia se mexer direito. Tinha as costas travadas. A artrite havia atrofiado seus dedos, que agora tinham mais dificuldade para fazer cada nó.

Fernando havia deixado de querer ser uma Hannya, de se vestir de *sissy* e começou a se afastar de Cíntia, que não entendeu, pois sabia que ele ainda a via jovem. Tinha certeza que sim.

Um dia depois do choro não dito, a esposa sentou na sala, cansada das lágrimas que, um dia, haviam escorrido pelo rosto. Cansou de lutar. Aceitou que o amor dele já havia, há muito, ido embora. O dela, ela não sabia se algum dia havia existido. Ainda assim, não conseguia sair dali. Sentada em cima dos próprios joelhos, com os ombros densos curvados à frente, perguntou:

— Por que ela?

Fernando mal conseguiu olhar nos olhos dela. Estava sentindo algo diferente na dinâmica. Algo que não sabia explicar de onde vinha, mas ainda assim, disse:

— Por que ela é jovem — ele respondeu. — Você nunca mais vai ser tão jovem quanto ela.

A esposa foi dormir. Decidiu nem contestar ou discutir, pois sabia que nada daquilo fazia sentido. Qualquer premissa de discussão seria falha, já que partiria do princípio daquilo tudo não ter alguma explicação plausível.

✻ ✻ ✻

A esposa, então, sonhou. Ele estava sentado na sala de casa, enrolado pelas cordas, e com a máscara Noh na mão, então olhou por cima do ombro para sua esposa. Com um pouco de tristeza, e disse:

— A gente existe pouco quando é jovem.

A esposa colocou as mãos no ombro dele.

— Você não quer mais existir não é, meu amor?

— Acho que eu nunca quis.

Cinzas saíram na palma da mão dela e, logo, foram levadas por um vento qualquer que bateu da janela à frente.

— Então, adeus.

Ela soprou a própria mão. Com as cinzas esvoaçadas, as cordas finalmente caíram no chão em um barulho denso, que também quase não aconteceu. Os nós se soltaram, e assim que eles se desfizeram com toda a facilidade impensável de antes, a esposa apanhou as cordas de volta e as jogou no lixo do banheiro. Viu seu reflexo de relance no espelho, e ela quase não se reconheceu: era uma gueixa. Irretocável.

✻ ✻ ✻

Corda
Corda
Corda
Corda
Corda
Corda
Corda
Corda
Corda
Corda
Corda
Corda
Corda
Corda
Corda
Corda
Corda
Corda
Corda
A corda
Acorda
ACORDA
ACORDA
ACORDA
ACORDA

ACORDA!!!

沈む瀬あれば浮かぶ瀬あり

Shizumu se areba ukabu se ari.

"Se a correnteza afunda, terá uma chance"

Cíntia agora estava decrépita. Parecia um corpo, recém exumado, que andava. Foi mais uma vez encontrar Fernando por insistência dela. Chegou, com dificuldade, na casa do casal. Tinha problemas para respirar depois de fazer cada nó. Tinha enjoo, se comesse bolo de baunilha. Não parecia bem. Deixava pedaços de seus lábios nos copos quando bebia algo e trechos de pele nas cordas que amarravam Fernando.

Fernando ainda não via nada fora do usual em Cíntia, apenas não sentia mais aquela urgência em vê-la apesar da grande atração que ainda tinha pelo corpo dela. Também não conseguia mais se vestir de Hannya.

Ela nunca contestou sua decisão. Ele não parecia dar espaço para isso.

能ある鷹は爪を隠す
No aru taka-wa tsume-wo kakusu

"Um falcão hábil esconde suas garras"

No último dia que foi à casa, quando chegou, sem respirar direito, na tentativa de pegar uma ponta da corda, a amante esbarrou, sem querer, na ampulheta da mãe de Fernando, que caiu e quebrou. Foi aí que Cíntia viu algo novo, algo que não sabia ser assim. Fernando virou outra pessoa. Virou, na frente dela, o pior que podia ser: a pessoa que ele era.

— EU NÃO ACREDITO QUE VOCÊ QUEBROU MINHA AMPULHETA! VOCÊ TÁ MALUCA? SUA PUTA! NÃO CONSEGUE FAZER NADA DIREITO?

A amante se assustou. Sofia, a esposa, que estava na cozinha, se assustou a ponto de correr para a sala. Ele virou para a esposa:

— Amor, deixa que eu pego a vassoura pra limpar a bagunça que essa maluca fez.

Sofia não entendeu nada.

Quando Fernando olhou para Cíntia, ela estava se desfazendo no tapete.

Ele, então, gritou em desespero:

— O que é isso? Amor, você viu isso?

Sofia olhou para ele, perplexa. É real que ele nunca havia ouvido ela dizer o que achava de Cíntia?

🕷 🕷 🕷

O telhado do teatro Noh forma um triângulo.
   Triangulação.
   Reversa.

三日坊主
Mikka Bouzu.

"Monge por três dias"

Ao cair no chão, a ampulheta fez o cheiro de baunilha tomar conta de toda a sala. A esposa havia aguentado ser vítima de várias triangulações, quieta. A amante não aguentou a primeira. Assim que a ampulheta caiu e quebrou, ele finalmente viu o que a esposa estava tentando dizer o tempo todo: a voz baixa de Cíntia era manipulação. Havia algo estranho. Havia mesmo e Sofia não era mais a única a ver.

O óleo do cabelo, constantemente mal lavado, começou a escorrer pelo rosto de Cíntia e o desfez, aos poucos, como ácido. O rosto agora revelava uma Kijo: o terrível demônio japonês de formas femininas que, tomada pelo ciúme e pela inveja, gritava alto pela casa dos dois.

Gritava o tal do barulho que a esposa ouviu no restaurante, sem saber de onde vinha. Quanto mais o óleo escorria dos cabelos, maior era o mau cheiro, quanto pior o cheiro, mais o local se tornava insuportável. Chifres enormes cresceram da cabeça da shibarista, uma boca enorme deu lugar a dentes descomunais e a pele branca de gueixa tornou-se tão vermelha quanto qualquer ódio costuma tornar um rosto.

As unhas das mãos e dos pés ficaram enormes, incapazes de atar qualquer nó. Já o pulso tremia como sempre havia tremido. O corpo assumiu as formas que Sofia sempre havia visto como silhueta. Era isso, então... a dominadora havia sido totalmente tomada pelos sentimentos negativos.

Isso era quem ela era. Um demônio. Kijo. O sexo dos homens às vezes faz com que eles deixem passar muita coisa sobre as mulheres, mas nas mulheres o que é ruim no outro, bate e ecoa no corpo. Nada passa. A verdade existe mesmo que lá no fundo, quieta, e tentando ser ignorada.

Sofia tinha tudo o que a amante queria ter. Era tudo o que a amante queria ser, mas não podia mais, pois algum homem, algum dia, havia roubado esse seu direito e agora, ela tentava se ver em Fernando. Como uma vingança pelo homem que havia feito isso com ela. Por ela ter esquecido até seu próprio rosto por conta dele.

Com rosto bestial, o corpo não humano definhou e as cordas viraram o corpo de Kijo que, depois, foi consumido pela máscara de Hannya que Fernando usava. Ela tinha levado para casa, mas ninguém a havia visto naquele dia, até então. Kijo, como mulher, nunca havia existido, por isso a vontade de transformar Fernando em alguma coisa que chegasse mais perto de representá-la e poder se enxergar. Numa peça que fosse. Na morbidez e na beleza do teatro Noh. Uma marionete. Um acessório da vontade da Kijo, que queria se olhar em algum espelho sem se ver como um monstro. Teve sucesso até o próprio teto do teatro Noh, a fazer fracassar.

千里の道も一歩から
Senri no michi mo ippo kara

"Uma jornada de mil milhas começa com o primeiro passo"

Mesmo com a triangulação ao contrário, era tarde, não era? Sim, era. Sofia foi embora de casa, correndo, com medo, deixando o marido com todo seu desdém, ofensas ou, finalmente, possíveis elogios que poderiam vir. Não fazia diferença. Talvez no dia seguinte, ele continuasse doce, pois a triangulação com outra havia acontecido, talvez no dia seguinte, ele chegasse com outra mulher em casa e a maltratasse de novo. Não tinha como saber.

Aos olhos nus de Fernando, a Kijo se desfez. Das cordas, o quase corpo virou pó, e o pó se transformou na máscara de Hannya, que Fernando pendurou na parede, como uma espécie de troféu.

Havia sido nada além de uma briga interna, de vinganças, entre Kijo e sua vida anterior e Fernando e sua vida anterior. Os dois não existiam um para o outro, eram meros objetos. Quando é assim, é mais fácil se apaixonar. Você não se apaixona por outra pessoa, afinal. Você se apaixona pelo mal que te é familiar.

Fernando sofreu com a partida de Sofia e com o divórcio que veio a seguir, mas era tarde demais. Sofia nunca voltaria.

A amante era isso para Fernando, afinal: o ciúme de alguma mulher como um troféu para ele, substituta de todo o tempo que ela havia quebrado, e agora, nunca mais seria doce.

* * *

O abuso perdura. Se a cura não vem, ele faz você não reconhecer sua vida sem alguma espécie de submissão.

Ao ir embora de casa, Sofia foi estudar o que era aquela coisa de BDSM que o ex-marido gostava tanto. Talvez fosse uma espécie de amor que ela ainda alimentava por Fernando, mas talvez fosse apenas vingança. De toda forma, o sentimento era vermelho. Uma maneira de se conectar com ele de uma forma que não a prejudicasse tanto. Talvez. Quem sabe...

Sozinha, agora, ela seria livre. Pelo menos acreditava nisso. Acreditava de verdade! Acontece que quando a cura não vem, o abuso perdura, e sua falta pode causar mais dor do que fazer bem. Masoquismo.

Sofia não quis os homens que lhe faziam bem. Era incapaz de se apaixonar por eles. Então, num bar BDSM, conheceu a Rainha Bathory, sentiu algo curioso ao olhar para aquela mulher e se deixou envolver. Era algo novo. Inédito. Interessantíssimo.

Bathory não era linda, mas sabia se fazer linda.

Sofia, encantada, desatou seu desejo e decidiu ouvir o que sentiu, e sentiu, e disse para si mesma em confidência:

"Eu não sabia muito sobre Bathory, mas parecia que ela trabalhava como tatuadora em algum estúdio da Zona Norte. Curioso. Até como profissão, havia escolhido ter algum tipo de agulha por perto. Era, no mínimo, interessante.

"Naquela noite, respirei fundo, me posicionei e só esperei que ela fizesse seu trabalho. Não o trabalho do estúdio de tatuagem, obviamente. O outro.

"Ela tirou toda a minha roupa, enquanto me olhava profundamente, e prendeu minhas mãos e pés nas fivelas correspondentes ao X da parede. Na ardência persistente da palmatória, senti menos de quem eu nunca gostei de ter sido, o que foi curioso. Eu não sabia que este encontro causaria um efeito tão rápido."

明日は明日の風が吹く

Ashita wa ashita no kaze ga fuku.

"O vento de amanhã soprará amanhã"

Todos nascemos doces, mas só o amargo dura. O amargo é que dura. Faça um teste. Coloque um pouco de essência de baunilha na sua língua e veja o quanto do doce fica. Durma e acorde.
"Acorda!" hahahahaha
Sinta o gosto.
Bom dia!

Bondage, *dentro do* BDSM, *é uma técnica que restringe movimentos, que envolve desde algemas até roupas completas e máscaras que não deixam a pessoa se mexer.*

É hábito que muitas dominadoras façam uso dessas técnicas com seus submissos, que pedem para se sentir totalmente vulneráveis e possuem satisfação sexual completa exatamente nessa prática.

O conto abaixo foi inspirado nessas dominadoras profissionais (conhecidas como dominatrix*), que cobram por hora e atendem seus clientes, prontas para realizar os desejos deles.*

Nessa, fica o grande questionamento: quem domina quem?

PARTE II
DOMINATRIX

Ponto Atrás

Ponto de costura forte. Parecido com ponto reto da máquina de costura, é útil para roupas em geral.

Já fazia umas cinco horas que ele estava preso em uma cadeira, com as mãos amarradas por cordas de Shibari, mordaça de bola vermelha na boca e pernas atadas. O pau estava duro. Já havia tentado de tudo para se soltar, mas quando se moveu um pouco mais, quase caiu. Depois ficou com medo de estourar a cabeça no chão. Definitivamente, não parecia uma boa ideia continuar se mexendo muito. Afrouxar, pelo menos um pouco as cordas, jamais. A sensação era de que pés e mãos estavam gangrenando. Não sentia nada direito, não sabia a que horas nem se ela ia voltar.

No outro extremo da masmorra, havia um homem usando um macacão de látex, pendurado pelo pescoço por correntes que abraçavam o teto. Havia morrido asfixiado há umas três horas, estava preso na única grade do local que tinha uma abertura para o sol, ainda dentro da casa. Pendurado daquele jeito, parecia um pêndulo que, a cada minuto, se balançava para um lado ou outro com o vento. O suor de quando era vivo havia se misturado com o cheiro de azedo do morto. Agora, o calor de mais de quarenta graus estava começando a fazê-lo feder, ao mesmo tempo em que agredia o látex, e fazia com que o macacão quase derretesse nas extremidades de joelhos, cotovelos, nariz e pau. Ainda quase.

Onde não havia abertura, a jaula da masmorra, feita toda com luz vermelha, já mostrava, muito antes, a possibilidade do fim. Em neon. Não havia nada que desse alguma calma àquele lugar. Tudo era um pouco aterrorizante, e isso provavelmente o era, pois há algo de bom, mas também há algo de incômodo, em bancar o que se deseja.

Irradiação

É a transmissão de calor através de raios e ondas que ocorrem em espaços vazios. Um exemplo diário deste fenômeno é o calor do Sol (fonte) irradiado através do espaço até a Terra (corpo).

Ela tentava pensar na vida, mas tudo que vinha à sua cabeça era morte. Dirigindo a quase 100 km por hora, pretendia voltar às 18h08 do dia daquela palhaçada. Pelo menos era esse o horário que estava no GPS que, quase de segundo em segundo, apitava acusando excesso de velocidade.

Que tristeza! Havia multas em sua casa, sim. Uma conta não paga por negligência. Já tinha fugido de blitz por ter bebido um pouco a mais em uma festa, quando tinha 21 anos, mas não era uma má pessoa, achava. Só que... sabe como é: coisas acontecem, circunstâncias.

O carro não tocava música. Ela estava tão tensa que havia esquecido que o banco reclinava.

Ponto Alinhavo

Ponto frouxo. Muito indicado para costuras temporárias, ou que ainda não estão prontas.

Quanto mais o dia esquentava, mais o morto pendurado fedia. Quanto mais o morto fedia, mais o homem preso na cadeira se excitava. Aquele cheiro era comum para ele.

Mesmo preso na cadeira, havia acordado há pouco tempo. Não sabia quanto, mas sabia que assim que tinha aberto os olhos, o cheiro de carne quase podre o havia acolhido, e o feito se sentir em um lugar familiar. O cheiro...

O cheiro.

Não sabia exatamente o que era o cheiro, mesmo que o reconhecesse de alguma forma. Além disso, um de seus olhos não abria direito. Tinha alguma coisa grudando. Achava que era sangue vindo de sua cabeça. Provavelmente. Era o que parecia, só poderia ser, mas não conseguia limpar com nenhuma das mãos que, na verdade, nem sabia mais se estavam lá ou não.

Tudo bem.

A hora que o sangue secasse e parasse de tentar colar a pálpebra móvel com a fixa, ele abriria melhor o olho ferrado. Enquanto isso, usava o olho bom para encarar a parede feita de grades que seguravam absolutamente todos os objetos imagináveis para prática de BDSM. Nada muito novo, nada com o que ele não estivesse familiarizado. Talvez até já tivesse usado todos os objetos daquela parede.

Quer dizer, talvez a dominatrix, dona daquilo tudo, já tivesse usado tudo nele em algum momento. Quinze anos era bastante tempo. Até a chave da casa dela, ele tinha. Até a chave da casa!

Pensou que esse pessoal dominante que trabalhava com BDSM era curioso. Eles tinham até um segundo nome, como identidades secretas. Super heróis que salvam os outros e a si mesmos por meio da aceitação de todas as perversões.

Condução

Transmissão do calor que ocorre de uma fonte para um corpo, através de um material que seja um bom condutor de calor. Se pegarmos um pedaço de ferro e segurarmos numa das pontas com a mão e colocarmos a outra ponta em contato com uma fonte de calor, vamos perceber, após alguns segundos, que todo o ferro estará quente, indo aquecer, consequentemente, a nossa mão e se, ao invés de nossa mão, tivesse tendo contato com outro combustível qualquer, este iria queimar.

Dirigindo a quase 100 km por hora, ela pretendia voltar às 18h06 do dia daquele absurdo. O GPS havia atualizado por conta do excesso de velocidade e se mantinha agora. Era bom, porque ganharia dois minutos no trajeto. Não era muito, mas era alguma coisa. Ela tremia e não sabia muito bem como esconder tudo o que estava sentindo, mas pelo menos estava sozinha no carro. Não teria que esconder nada além de algumas — muitas — garrafinhas de Diabo Verde. As garrafinhas se batiam com certa frequência debaixo do banco, e dentro da sacola retornável do supermercado. Sacola essa que passava uma mensagem de positividade em relação à natureza — e estava em oferta naquele dia.

Na sacola que gostava de natureza, também havia veneno para formiga. Muito veneno. E um cupcake, pois ela sabia que teria fome no trajeto.

No mercado, ela estava tão envergonhada por comprar tanto veneno que a insistência não insistente da caixa do supermercado sobre a grande vantagem em adquirir a sacola retornável parecia uma intimação.

Comprou a sacola.

Ok.

Qualquer coisa, ela queimaria a maldita sacola otimista também.

Diabo Verde queimava tudo, mesmo.

E ainda ajudava a salvar o planeta.

Ponto Corrido

Com nível médio de segurança, o ponto corrido é ideal para reparos em roupas descosturadas.

Palmatória.
  Cinto de castidade.
  Dildos.
  Chicotes.
  Máscaras para asfixia.
  Inalador.
  Correntes.
  Gaiola.
  Jaula.
  Luz vermelha.
  Vermelho.
  O vermelho toma conta de tudo.
  O que ele usaria para conseguir se soltar? Seria possível usar algo ali? Seria?
  Se ele precisasse fazer isso, faria?

Convecção

É a transmissão do calor através do ar e dos líquidos. Ocorre devido ao fato de como os líquidos podem ser aquecidos quando em contato com o fogo. O ar quente sempre leva consigo o calor que poderá entrar em contato com o combustível e propagar o fogo.

Parada no trânsito que não andava, o GPS atualizava a cada cinco minutos, e ela devia estar no mesmo quarteirão há, mais ou menos, meia hora. Ou quase. Tempo suficiente para que as mãos dela parassem de tremer, e pararam completamente.

Com isso ficou claro que o horror era um hábito.

Ponto Chuleado

Esse ponto tem um nível médio de segurança e é ideal para que impeça que o tecido desfie e deixe seu trabalho feio.

Talvez ele devesse ter esperado mais para chegar à masmorra de Monique naquele dia, mas ela sempre era pontual. E, se houvesse atraso, avisava. Como nada havia sido avisado e já era hora da sessão, ele decidiu entrar por si só, com a chave habitual, do jeito habitual, com as liturgias habituais.

Quando chegou lá embaixo, encontrou um cenário que nunca havia visto nos seus quinze anos de prática com Monique. Não era Monique que estava lá, mas Domme Afrodite. Pelo menos foi assim que ela se apresentou.

Olhando para ela, deixou o sapato na porta, a arma perto do sapato, baixou a cabeça e começou a servi-la, apreensiva.

Com um vestido vermelho de látex, mais justo que as sentenças de Deus, ela disse que o atenderia naquele dia, pois era pupila de Monique, e Monique assim o queria. Como ela era bonita e uma novidade, ele se empolgou.

Afrodite pediu para que ele não se incomodasse com o homem pendurado na grade pelo pescoço, pois ele estava apenas satisfazendo o desejo de ficar ali. Ele fez como ela havia pedido e não se incomodou. A nova Domme estava até indo bem, mas Monique jamais se justificaria.

Tudo bem. Ela ia aprendendo e ele ajudando com seu próprio corpo e disposição. Era uma boa ação.
— Você veio pro *Spanking*, né?
— Isso. E tudo mais.
— Quieto, capacho! A Monique me contou.
— Sim, Sra.

Debruçado no cavalete, ele apanhou o máximo que pôde. Ela, cansada e enxergando o absurdo da situação, não podia transparecer o que sentia. Era uma jornalista, caramba! Mas era o jeito. Aquilo tudo já havia ido longe demais! Ela bem gostaria que tudo tivesse sido diferente, mas não foi. Era, como sempre, a vida. Quase sempre tediosa, constantemente decepcionante, incrivelmente maluca. Ainda bem que toda a pesquisa do que era o BDSM a havia feito entender como teria que se comportar em situações daquele tipo.

Começou batendo nele com um chicote menor, e ele não parava de gemer de um jeito estranho, que a enojou.

A bunda dele balançava a cada golpe e, junto com os gemidos, ele, continuamente, pedia mais. A cada pedido, um outro chicote, uma palmatória, uma cane, o cinto dele, tudo! Tudo que pudesse deixar o traseiro do dito cujo o mais roxo possível.

Entre as mudanças de objetos, colocou o dedo no ânus dele, e ele movimentou a bunda para trás, o que deu a entender que ele gostava mesmo da coisa.

Bom.
Melhor.
Monique tinha razão.

Afrodite, então, pegou uma pomada que Monique havia indicado, Capzasin-HP, encheu um *plug* anal com ela e colocou, gentilmente, dentro dele. A pimenta mais forte que você pode pensar era leve perto daquilo.

Assim que enfiou, viu o pau dele subir. Tinha feito certo. Tão forte aquele homem dentro de sua própria vulnerabilidade! Ótimo...Era disso que ela precisava.

Sentou o moço cansado na cadeira e começou a amarrá-lo. Ela já tinha feito alguns meses de Shibari e aprendido algumas técnicas bem rapidamente. Jiai. Agura. Strappado, e era impossível se soltar das cordas.

Além das cordas, ela o algemou à cadeira. Cada perna. As duas mãos. Ela o amordaçou da forma mais sensual que pôde e fez carinho no cabelo dele. Coitado. Ali estava ele: exposto e sentado com o *plug* e a pimenta erótica, onde haviam sido feitos para estar.

Queima Livre

> Durante esta fase, o ar, rico em oxigênio, é arrastado para dentro do ambiente pelo efeito da convecção, isto é, o ar quente "sobe" e sai do ambiente. Isto força a entrada de ar fresco pelas aberturas nos pontos mais baixos do ambiente. Os gases aquecidos se espalham preenchendo o ambiente e, de cima para baixo, forçam o ar frio a permanecer junto ao solo; eventualmente, causam a ignição dos combustíveis nos níveis mais altos do ambiente. Este ar aquecido é uma das razões pelas quais os bombeiros devem se manter abaixados e usar o equipamento de proteção respiratória. Uma inspiração desse ar superaquecido pode queimar os pulmões. Neste momento, a temperatura nas regiões superiores (nível do teto) pode exceder 700 °C.

Todas as buscas para saber melhor como destruir um corpo haviam sido feitas no modo secreto do celular dela. Buscas de venenos rápidos e disponíveis para compra em supermercados. Procurou, enlouquecidamente, enquanto o trânsito estava parado na ida ao lugar que resolveria seu problema.

Pensava ser capaz de sumir com alguém, afinal já tinha visto *Breaking Bad*, mas onde ia conseguir toda aquela parafernália?

No Brasil, tem Diabo Verde, que dissolve até a cara de pau do namorado cínico que se faz de tonto. Se dissolve isso, dissolve tudo. Ela só teria que ficar longe quando aplicasse o veneno, afinal, subia uma fumaça filha da mãe que podia acabar com o pulmão de qualquer um.

O trânsito havia recomeçado a andar de repente.

Opa! O porta-luvas quase abriu! E com a arma do cara que estava preso na masmorra... ainda bem que ela conseguiu segurar. "Já pensou se cai no chão e dispara?" Precisava consertar aquela merda ou trocar de carro. Um dos dois. Logo.

Mesmo com a arma quase caindo, ela nunca mais tremeu.

Ponto zigue-zague

Muito usado para pregar elástico e fazer acabamento. Além disso, é ideal para fazer caseados e bordados. O ponto tem esse nome porque faz, no tecido, um traçado indo e vindo que fica bem bonito!

Domme Afrodite.
　Nome tonto.
　O único em que Patrícia conseguiu pensar de última hora.
　Tudo bem.
　Era o jeito.
　Mas podia estar correto, no final das contas.
　Afrodite era amorosa e, naquele momento, ela tremia com a arma apontada para o cara preso na cadeira.
　Fez menção de atirar, mas só conseguia se contorcer.
　Soltou um grito.
　Apoiou as mãos em seus próprios joelhos.
　Soltou outro grito.
　Chorou.
　Não conseguiria fazer mais aquilo, não é?
　Matar mais um.
　Daquele jeito ainda!
　Ele vendado e sem nem imaginar que esses eram os planos dela.
　Coitado.
　Além de toda a sujeira, e se alguém ouvisse?

Aí estaria ferrada.
Precisava matá-lo de outra forma.
Uma forma sem barulho.
Precisava que fosse quieto.
Bom, então, pelo menos, ele teria que ficar desacordado.
A deusa do amor foi para trás do cara e deu três coronhadas na cabeça dele.
Breu.

Flashover

> Na fase da queima livre, o fogo aquece gradualmente todos os combustíveis do ambiente. Quando determinados combustíveis atingem seu ponto de ignição, simultaneamente, haverá uma queima instantânea e concomitante desses produtos, o que poderá provocar uma explosão ambiental, ficando toda a área envolvida pelas chamas.

Não havia mais trânsito, e GPS, novamente, reclamava do excesso de velocidade. Ela ia conseguir chegar mais rápido do que havia imaginado.

O coração acelerava a cada minuto contado do trajeto. Não sabia se estava com algum medo ou feliz. E como poderia estar feliz em uma situação como aquela? Que ultraje para as famílias de bem! Que absurdo! Mas era inevitável... algo ali era bom. A adrenalina faz isso. Você pode enxergar que sempre foi algo que você não sabia ser possível ser. Será que é mesmo a adrenalina ou isso tem outro nome? Será que é mesmo a adrenalina ou a nossa essência? Nosso lado animal nos faz mais de nós, não?

De relance, pelo retrovisor, se viu como uma raposa. Estranho. Logo que olhou de novo, a raposa não estava mais lá.

Ponto Overloque

Esse é feito por uma agulha e tem que usar três fios, um de linha comum e dois de linha para máquina overloque. O resultado é uma costura toda entrelaçada.

Quando foi pegar a pomada de pimenta no armário, viu as calças do homem no chão, e o bolso aberto. Menos do que a bunda dele estava, mas, ainda assim, aberto.

Dentro do bolso, o distintivo da polícia civil: delegado. Ele não poderia saber o que havia acontecido antes dele chegar ali. Ela teria que matá-lo.

Queima Lenta

Como nas fases anteriores, o fogo continua a consumir oxigênio, até atingir um ponto onde o comburente é insuficiente para sustentar a combustão. Nesta fase, as chamas podem deixar de existir se não houver ar suficiente para mantê-las (na faixa de 8% a 0% de oxigênio). O fogo é normalmente reduzido a brasas, o ambiente se torna completamente ocupado por fumaça densa e os gases se expandem. Devido à pressão interna ser maior que a externa, os gases saem por todas as fendas em forma de lufadas, que podem ser observadas em todos os pontos do ambiente. E esse calor intenso reduz os combustíveis a seus componentes básicos, liberando, assim, vapores combustíveis.

O rosto de Monique não existia mais. Existia o que, um dia, havia sido um rosto. Um rosto de percepções apuradas demais, que abrigava uma língua afiada demais. Demais! Esse era o problema. Tudo o que é muito, poucas vezes é suportado, pois ninguém quer se ver exposto nu onde precisa estar vestido. A peça certa de roupa precisa ser retirada, mas sempre com cuidado e consentimento. Não houve consentimento nem de Patrícia, nem de Roberto. Esse foi o erro dela. Ela era muito esperta em muita coisa, mas no que ela errava, errava feio. Achava que Patrícia era tranquila, forte, porém, sem o espírito destruidor. Estava errada. Patrícia nunca havia sido uma pessoa de não violência, era apenas de violência seletiva. Naquele dia, Patrícia já havia passado por muito. Passado por coisas que jamais imaginou passar. Quando isso acontece, coisas estranhas acontecem. E tudo que é ruim, cria uma boa história. As piores coisas, porém, criam histórias que não podem ser contadas, e são essas que criam buracos em nosso peito pelas palavras não ditas, que só o passar do tempo é capaz de desfazer. Mas sabemos que não é sempre que o tempo passa. Às vezes, vários anos são somente um mesmo ano repetido várias vezes. E aí, quando é assim, tudo o que não deveria ficar, fica.

    Menos nós.

Backdraft

A combustão é definida como uma reação química na qual um material oxidável reage com um material gasoso que contenha oxigênio (O_2). O carbono é um elemento naturalmente abundante, presente, entre outros materiais, na madeira. Quando a madeira queima, o carbono combina com o oxigênio para formar dióxido de carbono (CO_2), ou monóxido de carbono (CO). Quando o oxigênio é encontrado em quantidades menores, o carbono livre (C) é liberado, o que pode ser notado na cor preta da fumaça. Na fase de queima lenta, em um incêndio, a combustão é incompleta porque não há oxigênio suficiente para sustentar o fogo. Contudo, o calor da queima livre permanece, e as partículas de carbono não queimadas (bem como outros gases inflamáveis, produtos da combustão) estão prontas para se incendiar rapidamente assim que o oxigênio for suficiente. Na presença de oxigênio, esse ambiente explodirá. A ventilação adequada permite que a fumaça e os gases combustíveis superaquecidos sejam retirados do ambiente. Ventilação inadequada suprirá abundante e perigosamente o local com o elemento que faltava (oxigênio), provocando uma explosão ambiental.

Patrícia decidiu ligar o rádio. Agora que suas mãos não tremiam mais, conseguiria ouvir um pouco de música. Para se desfazer completamente da tensão, acendeu o cigarro que era de Monique — um que ela pegou pedindo licença em respeito ao corpo. Há quem diga que pegar algo dos mortos sempre é um risco de mau agouro. Afinal, eles nunca podem negar, né? Nunca podem decidir.

Estava tocando uma música que ela gostava muito. Qual a chance disso acontecer? Inclusive, recentemente, havia pensado naquela música. Não é legal isso? Quando você pensa em algo e aquilo acontece?

"Smells Like Teen Spirit".

Nossa, fazia tempo que não ouvia Nirvana no rádio. Ela gostava de Nirvana.

O comburente e o combustível

O calor entra no processo para decompor o combustível. A velocidade da combustão varia de acordo com a porcentagem do oxigênio no ambiente e as características físicas e químicas do combustível.

O rosto de Monique se desfez nas mãos de Patrícia. O corpo de Monique se desfez nas mãos de Patrícia. Foi uma só. Uma fincada com o salto agulha no olho direito de Monique. Interminável, aquele salto acessou até o cérebro que Monique afirmava não ter. Dúvida sanada. Tinha, sim.

Por mais que houvesse milhares de acessórios no local, só aquele salto de verniz vermelho era pontiagudo daquela forma. Do jeito certo, podia até desfazer os nós de Shibari. Sem dúvida.

Alguns dos sapatos com salto mais alto haviam sido separados por Monique mais cedo, para que um cliente pudesse arrumá-los, cheirá-los e lambê-los. Só que o cara não foi. Patrícia foi, e fez uso do salto desse jeito inusitado. "Pisar na cara da inimiga" nunca tinha feito tanto sentido. Era isso ou Patrícia não conseguiria sair viva de lá. Só assim. Não foi fácil, também, depois que matou Monique, ela entrou em uma espécie de pânico absurdo. Claro! Como você ficaria momentos depois de matar alguém?

Patrícia estava ultra nervosa. Sem saber muito bem o que fazer. Sem saber muito bem quem era. Sem conseguir pensar direito. Assassina? Nunca havia pensado que se tornaria uma assassina. Ela tinha algumas multas não pagas, algumas desavenças e mensagens vistas e não respondidas. Podia ficar agressiva às vezes, mas era uma boa pessoa. Pensava dessa forma até aquele dia.

Um cliente chegaria em breve, Monique havia dito que teria mais um naquele dia. Ok. Ok. Ela ia usar o vestido de Monique, fazer o que tivesse que fazer, atender o tal cliente, e depois pensaria no problema.

Patrícia tirou o vestido da dominatrix com muito esforço, e o vestiu. Rolou Monique, nua, para o jardinzinho que ficava no fundo da masmorra e fechou a porta. Ótimo! Ninguém encheria o saco.

Arrumou o local como se fosse dela, e esperou o cliente chegar.

Combustão Completa

Reação em que a queima produz calor e chamas e se processa em ambiente rico em oxigênio.

A gasolina estava no fim. O painel tinha acabado de acender o aviso, e ela não conseguia acreditar.

"Cadê a droga de um posto?", pensou.

Tinha que achar a porra do posto, agora. Mas espera! A falta de gasolina...

Talvez pudesse usar aquilo como vantagem.

Combustão Incompleta

É aquela em que a queima produz calor e pouca ou nenhuma chama, e se processa em ambiente pobre em oxigênio.

Monique, completamente descompensada, gritava para Patrícia, na masmorra:

— Você quer saber a verdade sobre o BDSM? Essa é a verdade sobre o BDSM! Ou você só vai querer escrever sobre a porra do látex e das roupas bonitinhas? Sobre o tesão estranho que seu namorado do colégio tinha? Olha pra mim! O BDSM é essa merda aqui. Submundo, querida! E pra gente se salvar, é assim que a gente tem que tratar homem. Nenhum deles vai ser bom. Jamais! Nenhum. Eu tinha tudo. Tudo! Fui casada com um sub e ele tirou tudo de mim.

Ela acendeu um cigarro.

— Eu acabei virando a mulher com quem ele fazia as coisas estranhas. Já no cinema, ele levava a amante. Tavam lá, de mãos dadas. Eu vi. EU VI! Ninguém me contou. Eu vi. Quer dizer... hoje eu tenho a filha que eu amo que veio desse casamento filho da puta, mas é isso, né? Eu tô presa aqui. EU tô presa aqui, ninguém mais. Eles saem a hora que eles quiserem, e eu? Pra te falar bem a verdade, nem sei se existo fora dessa casa. Tenho minhas dúvidas.

Ressentida, gargalhou.

— Eu sou disléxica, filha. Não consigo ler uma linha direito. Sou burra. Não sou inteligente assim, que nem você. Fui garota de programa quase que minha vida toda e, me fala, qual o único jeito de continuar tendo um trabalho que pague bem desse jeito sem ter que deixar um pau entrar em mim? Só assim, menina, só assim... Eu bato neles. Torturo. Eu gosto de acabar com esses bando de filho da puta. Não vou nem te dizer, mas às vezes faço até pior. E eles saem daqui felizes da vida. Quando saem, né? Eu tenho clientes médicos. Cirurgiões. Eles vêm tomar porrada e saem daqui pra fazer cirurgias. Tem até um policial, que assim que mata alguém, vem aqui. Vem há quinze anos! Quem ele encontra quando ele precisa relaxar? Monique, meu bem! Aí que tá! O que eu faço aqui é caridade. Disso você pode ter certeza! O mundo já é ruim, mas seria muito pior se eu não fizesse o que faço por esses homens. Acontece que tudo tem um preço. Qual o preço disso? Me fala! Eu não sair nunca daqui? Sempre ser sozinha? Ficar sozinha? Todo mundo vai embora, menos eu. Até seu amigo foi embora, não foi? Te largou aqui como se você não fosse bosta nenhuma e, provavelmente, pra ele, não é, né? É isso que todos eles fazem, porra! Por isso a gente tem que acabar com eles quando tem uma chance. Qualquer chance. Porque senão, são eles que acabam com a gente!

Patrícia percebeu que parte da fala de Monique não fazia sentido algum. O amigo jamais havia ido embora. Ele estava ali. De um jeito ou de outro, sempre esteve ali. Era uma espécie de surto. Só podia. Tanto tempo presa em um lugar terrível deve fazer as coisas mais terríveis com a mente de qualquer um.

Monique continuou.

— Ou você acha que eles se importam com alguma coisa além deles mesmos? Você acha que ele se importa com você? Tá cheio de homem que se alimenta com a rivalidade feminina porque assim se sente desejado. O problema é quando a competição não acontece. Ficam desapontados. Tristonhos. Sentem-se menos homens. Por isso, eu só falo bem de outras mulheres, mas gosto mesmo é das que não tão nem aí com eles. No final das contas, querem um ninho de mulheres suplicando pelo pau de ouro.

E Monique tinha mais a dizer.

— Você fica aí defendendo ele, me olhando com essa cara, olha só, se eu quisesse te matar agora, eu te matava. E o que iriam dizer? Quando um praticante de BDSM morre asfixiado, é dado como acidente, sabia? Você tá aqui, não tá? Então é praticante. Ponto final. Que nem seu amigo. — Monique apontou para o homem asfixiado, pendurado na grade.

Patrícia estava aterrorizada.

Monique tirou um papelote de cocaína de dentro do seu decote, colocou numa mesinha, separou com um cartão de crédito e cheirou duas carreiras. Patrícia sabia que o tempo estava acabando.

* * *

"Gasolina sempre acaba nos piores momentos.

Nossa fragilidade também.

Quem diria!

Quem diria...

Quem diria que eu seria assim".

Combustão Espontânea

É o que ocorre, por exemplo, quando do armazenamento de certos vegetais que, pela ação de bactérias, fermentam. A fermentação produz calor e libera gases que podem incendiar. Alguns materiais entram em combustão sem fonte externa de calor (materiais com baixo ponto de ignição); outros entram em combustão à temperatura ambiente (20 °C), como o fósforo branco. Ocorre também na mistura de determinadas substâncias químicas, quando a combinação gera calor e libera gases em quantidade suficiente para iniciar a combustão.

— Vocês não podem escrever sobre um assunto sem ter passado por ele, profundamente, certo?

Roberto e Patrícia concordaram.

— Vem aqui, Patrícia, me ajuda a abrir essa roupa, que você vai herdar essa masmorra.

Monique abre um saco de asfixia.

— Vejo muito, muito, muito potencial em você, mas você tem que aprender a mexer nas coisas. Olha, aqui ficam os objetos de asfixia. Aqui ficam as chaves necessárias. Aqui fica o armário. Dá só uma olhada: cintos de castidade, *plugs*, dildos, e tudo mais que você possa imaginar.

— Aqui tem essa pomada que esquenta mais do que qualquer pimenta. Os caras gostam disso na próstata, já imaginou? Meu próximo cliente adora isso! Você precisa ver...

— Bom... vamos lá! Roberto, se prepara!

— Tô pronto! Nasci pronto.

Monique olhou para Roberto e, ao fazer isso, já estava com uma expressão completamente diferente. Tudo parecia acontecer em câmera lenta.

As duas o amarravam e o prendiam no macacão de látex. Seria erótico, se não fosse desesperador. Mas ele, Roberto, parecia calmo. Olhava para Patrícia com a cumplicidade de quem a conhecia. Ela olhou para os olhos dele e sorriu.

Monique pediu para Patrícia ir buscar um copo d'água na cozinha, para o amigo beber assim que a brincadeira acabasse. Ela concordou. E pensou que talvez Monique se preocupasse mais do que parecia. Quando estava na porta da masmorra, Monique pediu para que ela, também, fizesse o favor de encher a garrafa de água gelada na cozinha. Não custava nada, afinal.

Patrícia subiu as escadas e chegou na cozinha. Posicionou a garrafa d'água sob o filtro.

Lá embaixo, Roberto, com as mãos atadas e presas dentro do macacão, pediu para Monique abrir um pouco a passagem de ar da roupa, estava com dificuldade de respirar.

Monique não teve dúvidas. Fechou a passagem de ar com o zíper e tampou o nariz e boca do homem com sua mão direita, enquanto a esquerda, segurava uma das pernas dele, que se debatia no chão. Ele tentava gritar, mas sufocado como estava, sua maior preocupação era respirar.

Patrícia continuava enchendo a garrafa, tinha pouca água saindo do filtro.

Monique, sentada sobre Roberto, sentia o desespero percorrer o corpo masculino, se excitava com o roçar do pênis nela, agora diminuto pelo desespero.

Depois de alguns minutos, Patrícia colocou a garrafa cheia na geladeira.

Monique gozou e, logo depois, limpou o pouco de espuma da boca do morto. Macacão vagabundo. Deixou escapar espuma pela microabertura do zíper. Mas pelo menos não deixou entrar ar suficiente para que Roberto sobrevivesse.

A casa era grande, um pequeno labirinto.

Quando Patrícia voltou, Roberto já tinha sido sufocado, e estava sendo suspenso por Monique, que pediu ajuda. Patrícia a ajudou sorrindo, achando que a brincadeira continuava. Não sabia que o amigo estava morto.

Classes de incêndio

Os incêndios são classificados de acordo com os materiais com eles envolvidos, bem como com a situação como se encontram. A classificação precisa ser feita para determinar o agente extintor adequado para o tipo de incêndio específico.

Ela parou no posto. Bom, já que estava lá, ia aproveitar.
— Água e óleo, ok, senhora?
— Sim, sim, sim!
(Sempre está tudo ok, mesmo que não esteja)
— Enche o tanque!
Tinha que ser rápido. Foi rápido. Pediu um líquido de arrefecimento do carro pra levar. Outra possibilidade para matar o delegado. O Santo Google sabia mesmo como matar alguém! Bastava uma pequena quantidade. Caso o veneno de formiga não desse certo, aquilo resolveria.
De volta ao trajeto, agora com um veneno de garantia no carro.
Nirvana parou de tocar.

Classe A

Incêndios que envolvem combustíveis sólidos comuns, como papel, madeira, pano, borracha. Queimam em superfície e deixam resíduos. Ex: papel, madeira, tecido, plástico etc.

Quando acabou de suspender Roberto, junto com Monique, Patrícia começou a notar algo estranho. O amigo não estava tendo absolutamente nenhuma reação.

— Como tá aí, Roberto?

Roberto, que costumava falar bastante, nunca havia ficado tão quieto.

— Roberto?

Nada.

— Roberto, me responde!

Monique interveio.

— Menina, não tem por que ficar chamando, deixa ele aí.

— Monique, ele não tá respirando! Ele parou de responder. Desce ele dali, Monique. Desce!

Monique empurrou Patrícia, que caiu no chão.

— Olha aqui, menina! Acho melhor você calar a sua boca. CALA A BOCA, SENÃO VAI VOCÊ TAMBÉM!

Patrícia congelou. Pela primeira vez, ela teve a real noção do perigo que estava correndo.

Classe B

Incêndio que envolve combustíveis líquidos inflamáveis. Ex: graxas, óleo, querosene e gases. Queimam somente em superfície e não deixam resíduos.

Agora faltava pouco tempo para Patrícia voltar à casa de Monique. Quinze minutos pelo GPS.

Classe C

Incêndio que envolve equipamentos elétricos (eletrônicos) energizados. Ao ser retirado da tomada passa a ser Classe A. Ex: quadro de força, computador, TV etc.

Patrícia e Roberto haviam chegado lá para entrevistar Monique. Ele, editor do maior jornal do país e, Patrícia, sua pupila, haviam esperado mais de três horas para que Monique os atendesse. Sabe como é... Ela estava ocupada atendendo um cliente.

Antes de saírem, Patrícia havia pressentido algo estranho. Comentou com Roberto, disse que parecia que algo não estava certo.

Ele, que não tinha muita paciência pra esse tipo de coisa, achou que aquilo não tinha o menor cabimento. Além disso, com quatro filhos pequenos e um jornal para gerenciar, não tinha tempo para nenhum tipo de encheção de saco.

Se havia uma solução, ele solucionava. Se não tinha, não havia o que ser discutido, mas ele deveria ter ouvido Patrícia, não deveria? Ah, deveria.

Patrícia buscou Roberto e foram. No trajeto, Monique provocou Roberto por mensagem, perguntando se ele estava pronto para a sessão. Ele respondeu: "Prontíssimo!". Mal sabia que ninguém estava.

Assim que chegaram na casa de Monique, viram a faixa de "Corte e Costura" exposta na fachada. Interessante. Já no primeiro instante Monique deixou claro que não estava esperando

Patrícia ali. Achou que a conversa seria apenas com Roberto. Estranho, pois quando chegaram na masmorra, ela havia colocado duas cadeiras à disposição, além da dela. As deles, viradas de costas para a porta. A dela, para frente.

No início do papo, apontou para um gato que ficava sentado na porta e disse:

— Ele gosta de ficar aqui, às vezes, para assistir às sessões. Principalmente as piores.

Patrícia olhou para o gato, que olhou para ela.

— Bom, como eu posso ajudar vocês?

Conversaram sobre o BDSM. Queriam publicar a matéria definitiva sobre o tema. Monique começou a contar da própria vida. Disse que a filha achava que ela era uma espécie de Lady Gaga. Também disse não ter afeto pelos clientes. Comentou que, na verdade, tinha pena daqueles homens que precisavam se submeter a ela para poderem ter alguma paz na vida. Contou que os homens gostavam de abraçar seus quadris assim que as sessões terminavam, pois era assim que se sentiam acolhidos. Lembravam da barra da saia da mãe, afinal, quando começavam a entender que existia algo que tivesse a ver com sexualidade, a altura do rosto deles ficava ali. Na bunda ou vagina. Segundo Monique, os homens gostavam dos saltos pelo mesmo motivo. Eram o som da mãe chegando em casa. Gostavam dos pés femininos, pois estes eram a primeira coisa que viam quando engatinhavam quando bebês.

— Uma dominatrix jamais fica de costas para a saída. Daqui, qualquer um que chegar, eu vejo. E às vezes tem um amigo que me acompanha. Fica lá fora esperando a sessão terminar.

— Você!

Disse olhando para Patrícia.

— Nunca beba nada que o homem traga. Nunca! Se for para fingir, finja! Pegue a taça e faça assim.

Ela encostou o vinho muito de leve nos lábios.

— Nunca confie em nada que um homem trouxer.

Em seguida, explicou que o "Corte e Costura" na frente era para costurar bocas de homens. Ao mesmo tempo em que fazia as vezes de uma Freud dominatrix, começou a atacar Roberto verbalmente. O tempo todo, mesmo quando o elogiava, e a cada palavra dele, parecia que ela se exaltava um pouco mais. Monique estava com raiva. Com raiva por eles estarem ali, com raiva de ser uma experiência, com raiva do que sua vida havia se tornado, com raiva de ser um bicho no zoológico para os baunilhas apreciarem. Estava com raiva de servir aos homens, apesar de dizerem que o que acontecia na Masmorra era o oposto.

Talvez, realmente, Monique não soubesse mais como lidar com homens de outra forma. Patrícia havia gostado dela. Do jeito, de tudo. Havia achado que ela era uma mulher muito forte e intrigante, mas percebeu que havia algo que não se encaixava. Algo parecia não estar tão certo quanto deveria.

A revolta contra os homens era justificável, ainda mais depois de sofrer tanto. O que não era justificável era a maneira como isso se apresentava ao mundo. Não era uma guerra dela contra seus clientes. A vida era uma guerra de Monique contra todos.

Classe D

Incêndio que envolve materiais combustíveis pirofóricos (magnésio, selênio, antimônio, lítio, potássio, alumínio fragmentado, zinco, titânio, sódio, zircônio). É caracterizado pela queima em altas temperaturas (acima de 1200 °C e por reagir com agentes extintores comuns, principalmente os que contêm água).

Carro estacionado na frente do "Corte e Costura".
    Patrícia desceu do carro para acabar com o pouco que havia de todos que ainda estavam lá.

Ponto Interloque

O ponto interloque é feito por 2 agulhas e 4 fios. Ele é muito usado nas laterais de camisetas, mas também fica ótimo em tecidos sem elasticidade, como é o caso do jeans.

Quando Patrícia chegou, o delegado já não tinha conseguido se segurar, e havia feito as necessidades na cadeira.

A parte de trás dele estava sem *plug* e sem pimenta, agora. Na parte da frente, estava molhado. O cheiro do morto quase visível para quem quisesse enxergar se confundia com o cheiro do corpo de Monique que ninguém via.

Com aquele cheiro forte, Patrícia vomitou em cima do delegado, o que fez o pau dele subir. Ela teve que subir até a cozinha para preparar um copo com o veneno que havia comprado no supermercado. Misturar com água. Esperava que desse certo. Diria que era água com açúcar, afinal veneno para matar formigas era doce. Se não desse, não sabia o que faria.

Na hora de dar o copo, ela tirou a mordaça, com medo do que ele poderia fazer. E se gritasse? E se dissesse que ela estava presa? E se reclamasse do cheiro dos mortos? E se ele se recusasse a tomar o veneno e já soubesse que era veneno? Era um delegado, porra!

Bom, mas Patrícia precisava de coragem.

Foi quando ele disse:

— Menina! Eu não tenho como te agradecer. Essa foi a melhor sessão da minha vida. Meus parabéns! Nossa, tô até emocionado.

Durante alguns segundos, ela ficou sem entender nada.

Patrícia arregalou os olhos, atônita e percebeu que não precisaria matar o delegado. Ele não tinha ideia alguma sobre seus conflitos internos ou de seus planos em assassiná-lo com veneno. Também não tinha ideia sobre a morte de Monique. Tampouco sabia que a tentativa de o assassinar com o revólver havia sido real.

— Vermelho! Vermelho! Vermelho! — ele disse sorrindo e terminando a sessão evocando a palavra que faria tudo parar.

— Pode me soltar agora?

Por mais absurdo que parecesse, ela havia visto verdade nele. Estava bem animado e, tonto, não fazia mesmo ideia de absolutamente nada. Já ela ainda estava em choque.

— Ó! Na próxima, a gente vai fazer o inalador de urina, hein! — o delegado disse.

"Quê?!", ela pensou. E sorriu mais amarelo que qualquer urina.

Assim que o soltou, ele pagou mais do que jamais havia pagado a Monique. Patrícia entregou a arma, perplexa, sem conseguir falar, mas sem pensar duas vezes. Estava claro que ele não faria nada contra ela.

— Vou elogiar você para a Monique, viu?! — e deu uma piscadela, indo embora feliz da vida.

Abriu a porta com a chave de Monique que ele tinha.

Patrícia levou um tempo para conseguir se mexer. Estava paralisada com a situação, mas assim que se mexeu, gargalhou. Gargalhou sem parar durante minutos a fio. Até chorar de rir. Não conseguia acreditar no que tinha acabado de acontecer.

Agora ela só teria que se livrar dos corpos — ou nem isso.

Ponto Ultralock

Pode ser ajustado dependendo do resultado que você quer ter. Por exemplo, ele também é feito por duas agulhas, podendo trabalhar com 2 fios de máquina ultralock e 2 linhas comuns.

A pressa de um dia todo havia cessado.

Agora, Patrícia precisava pensar no que fazer.

Depois da gargalhada cessar, ela estava com nojo de tudo.

Triste por tudo.

Achando tudo absurdo.

Ela podia fugir, mas havia Monique.

O delegado havia visto quem ela era.

Não teria jeito, não é?

Não.

Patrícia colocou uma máscara de asfixia, para que pudesse respirar pouco do veneno, reuniu todo o resto de forças que ainda tinha e jogou, como pôde, Roberto ao lado de Monique. Os dois no jardinzinho externo. Roberto ainda estava vestido com o látex quase-corpo dele. Monique ainda vestida com o salto no olho direito.

Patrícia jogou todo o Diabo Verde que havia comprado em cima dos dois. O que sobrou deles ficou irreconhecível pelas graves queimaduras que haviam sido causadas. Bom. Esse era o objetivo.

A fumaça estava indo para o outro jardim da casa, então não havia problema de ninguém da rua sentir qualquer cheiro ou algo do tipo.

Sentada no pátio, esperou que eles dissolvessem o máximo possível. Engraçado! Ainda estava com a música do Nirvana na cabeça. Cantarolava baixinho com a máscara de asfixia, enquanto os corpos se desfaziam.

"A mosquito... my libido... yeah...hey... hey..."

Kurt Cobain curtia anatomia. Será que todo suicida seria um bom masoquista dentro do BDSM? Não sabia dizer. Será que suicídios seriam prevenidos assim? Engraçado.

Quando voltou ao jardinzinho, avaliou que um bom trabalho havia sido feito, mas ainda faltava acabar com todo o resto. O líquido de arrefecimento é inflamável e tem a chama invisível. Sabia? Não? O Google sabia.

O líquido não havia sido usado para envenenar ninguém, mas ainda estava sendo útil. Dominatrix usam velas para excitar seus submissos. É chamado Wax quando jogam cera neles. Deixam pingar nos corpos. Tem gente que gosta. Tem gente que gosta de tudo, afinal.

Corpos queimados pelas velas com Wax e chama invisível.

Todo o resto da casa queimado com as outras velas.

Acidente.

Mesmo se achassem que era um submisso e uma dominatrix, seria acidente.

Monique não achava que Patrícia estaria ali.

O nome dela nunca havia sido citado em nenhuma das conversas.

Às vezes, a máquina de costura trabalha demais.

E esquenta.

Acontece.

Queima tudo.

Incêndio.

Acidente.

Ponto Invisível

O ponto invisível tem esse nome justamente porque a linha fica escondida do lado de dentro da roupa. E é por isso que esse é o ponto ideal para peças mais delicadas.

Ao sair da casa, que estava começando a queimar, Patrícia pegou no colo o gato que gostava de tragédia e caminhou porta afora, levando com ela, também, um vestido de látex de Monique. Um vestido que ela havia gostado e parecia ter acabado de sair do reparo, ainda estava envolto em um saco plástico com cabide.

Corte e costura, não é?

Mas não se costura látex.

Tudo bem.

Ninguém sabe.

Foi aí que Patrícia lembrou de uma frase de Monique que havia ouvido durante a conversa. Uma frase que não saiu de sua cabeça. Uma das poucas frases de Monique que demonstrava o quanto ela precisava deles ali. Em um certo momento, Monique olhou para Patrícia e disse:

— A cada linha que você escrever sobre mim, você me tira daqui!

Patrícia acendeu mais um dos cigarros de Monique, dessa vez sem pedir licença ao corpo, e olhou para o aviso de "Corte e Costura" do portão. Portão este que, com pressa, se fechou.

— Sim, Monique, tiro, sim. Mas você deveria ter se perguntado como.

É muito conversado dentro do BDSM *que muitos submissos podem ser pessoas bastante poderosas e que fazem uso da prática para poder perder esse poder em algum lugar. Depois de entrevistar muitas pessoas, a pergunta que sobra é: será que o grande poder não é nem do submisso, nem do dominador, mas do desejo sexual?*

PARTE III
PLUG

◆

Não é a primeira vez que Agner machuca o pau com uma barra de aço inox. São tantas as cicatrizes no membro, que o dito cujo pareceria uma vítima recém saída de um filme *slasher*, não fosse a falta de medo e a constante animação do que ele acredita ser seu troféu particular: o próprio membro. Acostumado a criar e construir acessórios para submissos e dominadores, não é raro que um pouco do resistente material escape e o acerte em sua genitália já tão castigada pelas inúmeras transas que ainda insistem em acontecer todos os dias.

Quando não está fazendo sexo, Agner vive o sexo por outros meios. Quando o membro falha, o Viagra e os genéricos contribuem para fazê-lo acreditar que não falhou. Melhor. Ele dorme bem quando ainda consegue se acreditar viril, apesar dos constantes pesadelos com a possibilidade de decepamento de seu membro ("crenças limitantes", suspira algum *coach*, tomando um copo de *Whey*, em algum lugar do mundo, neste minuto). Quando não dorme, sai de casa para ver outros homens se espatifando em nome do esporte. MMA, boxe, qualquer coisa que envolva suor e sangue.

Agner parece ter saído da vagina de sua mãe, única e exclusivamente para poder entrar em outras. Muitas outras. Qualquer outra. Qual a razão de haver critério quando a falta dele traz muito mais vantagens? E quantas vantagens! Vantagens? Talvez sejam vantagens.

Ainda assim, hoje, Agner tem, fixamente, algo que podemos chamar de um relacionamento com Lorena, Brian e seu clube de sexo, sex shop e laboratório de histórias sexuais para milionários, o La Petite Mort. A sífilis ele também tinha, mas não tem mais. Já se curou, faz algum tempo que só dói. Hoje o membro dói, mas ele sabe que passa. A dor é como um gozo que vem, explode e some. Ele sabe que amanhã não doerá mais.

Só que, hoje, ele não vai dormir.

◈

Karen está no chão há alguns segundos. Pessoas gritam à sua volta, ou pelo menos é o que sua percepção faz do que aconteceu no início da noite. O barulho é abafado, mas ela imagina que ainda esteja lá. Deve estar.

Karen acredita que esta seja a primeira luta de MMA que ela vai perder. Seria possível isso? Ao mesmo tempo que não consegue acreditar, não há outra possibilidade. A realidade dela é realmente uma merda aquela noite, já a realidade da outra lutadora, é bem feliz. E que porcaria é essa coisa da realidade do nosso adversário ser melhor que a nossa.

Contagem.

O juiz abre contagem.

3

2

1

— Puta que o pariu!

(...)

"Perdi!", pensou Karen.

Agora era oficial.

Ainda bem que sua mãe não estava lá. Estava em casa.

Ainda bem que seu irmão não estava lá. Estava em casa.

Ainda bem que seu pai não estava lá. Estava morto.

Ninguém da família veria tamanha vergonha em flagrante, mas e agora? Como ela faria pra pagar as contas de casa, sem o dinheiro da vitória?

E agora?

Karen vê Agner, que se apresenta, entrega um cartão e oferece ajuda.

◈

Cabelos. Unhas. Mãos. Pés. Tudo emaranhado e entrelaçado na consistente expectativa do gozo. Na constante inescrupulosa do sexo, nada parece existir. Tudo parece um grande sonho. Ao mesmo tempo em que tudo, de fato, acontece. E quando acontece, o que não parece existir é toda a vida lá fora.

Nunca há tanta liberdade possível quanto aquela que acolhe o que você não gostaria de ser, mas é. Quando isso sai... quando isso sai de você e entra no outro, então, é o único momento em que você, finalmente, é livre. Principalmente, livre do seu próprio desejo. Principalmente, daquele seu próprio desejo que não te convém.

◆

A mãe de Karen não está bem, e Karen precisa acompanhá-la. De novo. Poderia ser trabalho do irmão, mas a mãe não quer incomodá-lo. Ele fica bravo quando é incomodado. Ela tem hemodiálise toda semana.

Toda semana o sangue tóxico precisa ser limpo.

Toda semana o sangue tóxico é limpo.

Limpo em quatro horas.

Assim que chegam, a enfermeira deixa claro que eles estão hiperlotados e que terão que esperar algumas horas a mais para serem atendidas. A mãe de Karen parece fraca. Karen, cansada. As paredes descascadas e poltronas rasgadas de tanto comportar sofrimento, fazem a situação parecer ainda mais deprimente.

A mãe de Karen é chamada para a sala quando já é fim de tarde. Karen aguarda o processo de limpeza do sangue da mãe, enquanto está sentada na recepção, ainda com o rosto roxo e triste.

Na volta para a casa, a rua está deserta. Karen ampara a mãe fraca. O ponto de ônibus é amarelo e vazio. A mãe está com as mãos entre as pernas. Um ônibus vem, enquanto Karen faz sinal para que o ônibus pare e ajuda, com muito esforço, a mãe escadas acima. O braço de Karen ainda dói da luta anterior. O corpo da mãe de Karen dói, porque o sangue está limpo. A vida ainda dói por todo o resto.

❖

Quando chega em casa, tarde da noite, Karen e a mãe encontram o irmão jogando videogame, e nada está organizado como deveria. Na verdade, tudo está ainda mais desarrumado do que quando haviam saído. O irmão não se prontificou a fazer nada para o jantar, mesmo sabendo que a mãe teria que comer, já ele, jantou salgadinho. Karen briga com o irmão, sem uso dos punhos. A mãe, mesmo cansada, o defende, e trata o menino como algo precioso que não pode ser incomodado. Bibelô irresponsável.

A mãe chama Karen de fracasso. Karen acredita, vai para o quarto e chora. Chora como se a mãe tivesse razão.

❖

Karen encontra com Agner pela segunda vez. Na primeira, ele, sem intenção de dormir cedo, havia ido ver a luta de MMA que ela perdeu. Ela, perdida, havia aceitado a oferta de ir a uma reunião com ele. Parecia que ele tinha uma proposta e saberia como salvá-la, e agora parecia que ela precisava de uma salvação. Parecia. E nós sempre fazemos muita coisa quando parece que precisamos de algo.

Agner tinha uma casa, uma masmorra. Um castelo sexual privê. Uma vida da qual só sabiam os milionários que já haviam aprendido a não se deslumbrar com o dinheiro. Karen tinha a ela mesma, a mãe e o irmão, e todos precisavam comer.

Os milionários pareciam gostar de práticas sexuais pouco usuais. Práticas que suas esposas não ousariam com eles. Talvez as bocas delas, preenchidas com ácido hialurônico, nem mais comportassem fechar da maneira certa ao redor do pau deles. Dos maridos. Nos paus dos *personal trainers* e amigos parecia dar mais certo. 3 séries de 15 chupadas até o gozo na cara.

Talvez os diamantes dos anéis pesem demais na hora de segurar os membros dos maridos. Talvez haja fadiga em tentar um sexo novo com um companheiro conhecido. Sexo é bom, mas cansa quando é com quem você precisa fazer. Ninguém quer transar com quem deve.

Outros clientes gostavam de homens. Sonhavam com todo tipo de pau que os pudesse preencher, enquanto suas vidas só suportavam que eles fossem preenchedores. Já para os milionários sem muita criatividade, Agner ainda escrevia os roteiros da noite que eles teriam. Além de tudo, essa era uma maneira de haver ainda mais segurança para os clientes. Não só pelo que seria feito, mas pela certeza de que não gastariam dinheiro e, principalmente, tempo, à toa.

A garota de programa seria tratada como atriz, e deveria fazer o trabalho de uma, só que com benefícios para quem pagasse, claro. Fora isso, como o grande artesão que era, Agner fazia coleiras que não arrebentavam e chicotes que jamais soltavam tiras. Brinquedos sexuais que durariam para sempre e, se pudessem, passariam de geração em geração entre os sacanas da família.

◆

Karen ouviu a proposta de Agner. OK. Alguns dos clientes gostavam de apanhar, e ela gostava de bater. Havia perdido a oportunidade de lutar, pois com a perda de sua última luta, havia perdido, também, o patrocínio. Não houve conversa antes de perdê-lo. Sem vitória, sem dinheiro, a matemática do ringue era simples. Não costumava haver conversa naquele meio. Houve frustração. Continuava com um pai morto, uma mãe que precisava fazer hemodiálise, e um irmão vivo mais morto que o pai.

Parecia que aquele cara tinha uma proposta e que realmente saberia como salvá-la. Parecia que ela precisava mesmo da tal salvação. Parecia. Fazemos muita coisa quando parece que precisamos de algo.

Sanguessugas são caras. Comem mais que gente.

◆

La Petite Mort é como um orgasmo é chamado em francês. Chamam assim, pois é como se nós morrêssemos um pouco a cada gozada, e esse também era o nome do clube de Agner. Karen sabia. Alguém havia contado o que o nome do clube significava pouco antes dela começar a trabalhar ali. A questão é que, talvez, aquele lugar tivesse esse nome não por todos os reféns desse pequeno grande prazer, mas porque todo dia que trabalhavam lá, morriam um pouco mais. Cliente e *staff*. Isso quando tinham a sorte de não morrer completamente.

A questão do sexo não é se alguma vez esquecemos de alguma coisa durante, mas do que conseguimos lembrar quando estamos prestes a gozar. Ou logo depois. Do que você lembra logo que goza? No que você pensa? Do que lembrou hoje? Do quê? De quem? Essa é a honestidade. É isso que, agora, mais possui quem você é.

◆

Monsieur Jacques Lefevre tem 48 anos e é um cliente francês. Ninguém sabe no que ele trabalha, e nem precisa saber. Precisa, sim, saber que ele paga. E ele paga. E paga bem.

Toda vez que vem ao Brasil, procura o clube. Fissurado em taxidermia, parece se sentir mais vivo quando tem algo morto por perto. São iguais a ele, os animais empalhados. Bichos, sem expressão, com nada por dentro. Cascas. Já morreram há muito tempo, só fingem que não. Identificação. Piores vivos possíveis, estes espantalhos. Espantalhos tipo Jacques.

Jacques é pouco para boas réguas. Feio, mas se diz bonito. Toma banho, mas sempre está um pouco nojento. Trata todos do clube como se fosse sensual e poderoso, como se ninguém tivesse lhe contado sobre seus dentes podres e seu jeito asqueroso. Ainda assim, Jacques é amável. Amável como qualquer um que tem alguma desconfiança, lá no fundo, de ter algum defeito.

O quarto em que escolheu transar esta noite é lindo. Não poderia ser mais bonito. Com detalhes em vermelho e preto, feito todo de veludo e cetim, talvez fosse cafona se não parecesse tanto um filme de David Lynch. Tudo naquele lugar é assim: quase vintage, quase novo, quase completo, quase despreocupado, pouco triste e muito violento.

Karen está vestida de dominatrix. Chicote, meias 7/8, salto alto, sutiã sem bojo. E sem calcinha. Tudo preto. Ela havia recebido o roteiro mais cedo, e lido página por página, parte por parte, tudo para se sair bem e não esquecer nenhum detalhe. Um programa daqueles, bem-feitos, renderia um mês de aluguel — e com possibilidade de gorjeta. Naquela noite, ela era o que precisava ser e, na pior das hipóteses, sempre somos aquilo que nos consome.

◆

O programa começou bem, com dinheiro na cabeceira, conferido por ela. Tudo certo, como combinado. Homem afável. Páginas cumpridas, palavra por palavra.

Até.

Que.

Ele.

Levanta.

O francês levanta e pega algo na mala de couro legítimo. Algo comprido, que parece levar uma eternidade para sair da bolsa e virar algo significável. Ela já sabia dos boatos sobre taxidermia. Boatos sempre são verdade, dizem. Mas ele havia levado um bicho? O que seria aquilo? Então, o francês de português macarrônico explica: um *plug* anal de raposa. Algo que ela deveria colocar no ânus e sair engatinhando pelo quarto.

"Mas não era para ele ser submisso?", ela pensa.

Aquilo não estava no roteiro. Primeiro programa e Karen já teria que abrir uma exceção.

"Sério mesmo?!", ela pensa.

"Que porra é essa?!"

Ela lembra das páginas que havia recebido mais cedo. Olha a cama. Nunca quis ser atriz. Olha para o cliente de português arrastado e enxerga a expressão dele, de pimpolho reprimido. Karen tem pena e olha o dinheiro.

Karen se lembra da mãe e do aluguel.

Karen tem pena dela.

Karen pensa quanto custaria alimentar o irmão só com salgadinho ruim pro resto da vida.

Fofura é mais barato.

Jacques parece alguém cujos olhos pedem desculpas pela insaciabilidade. Karen respira fundo, mas aceita. Pega o rabo morto da mão de Jacques e o coloca, aos poucos, lá mesmo. Tudo na frente dos olhos arregalados dele. Ela de quatro. De dois olhos para um. Da origem dele para o lixo dela.

Ao colocar o rabo e olhar para o homem, percebe que ele quase goza. Quase goza o gozo que os intolerantes fogem de sentir. Qual a razão de ele não falar pra Agner que queria usar o rabo? Acho que era isso. Não devia costumar falar nunca. Tinha vergonha, mas queria. Vai ver por isso o boato da taxidermia havia se espalhado tão rápido, pois era pra ser segredo.

Karen engatinha pelo quarto e sente raiva. Depois, não sente nada. Depois sente uma espécie de poder. Talvez o maior poder que já sentiu. Mas nessa posição? Sim, nessa posição.

Poder.

Descomunal.

Ela passa por um espelho de tantos naquele quarto. Karen não é mais uma mulher. É, de fato, uma raposa, e se Jacques estava procurando um bicho, era um bicho que ele ia ter, mas esse não estava quase morto, tinha acabado de nascer.

Bichos não medem nada além do trajeto até suas presas. Enquanto era raposa, Karen se esqueceu de ser gente. Voou no pescoço de Jacques e o prendeu na cama. Raposas matam pulando, então Karen brincou calmamente com sua presa. Tranquilamente, com Jacques bem preso nas algemas de Agner, que jamais quebram. Foi quando começou a socá-lo.

Cada soco de Karen era um pulo da raposa que ela comportava no *plug*.

National Geographic no quarto de hotel.

Os olhos de algum cuidado de Jacques tornam-se vítimas e viram algo mais roxo do que os hematomas que a mãe de Karen tinha, às vezes, por conta dos problemas de saúde.

O vermelho do sangue da boca com dentes não escovados de Jacques se funde ao vermelho do edredom da cama. Exatamente o mesmo tom. David Lynch decorador.

Sangue limpo.

Ele apanha.

Muito.

E sorri.

O hálito de Jacques, anteriormente nojento, parece ter sido feito para comportar o agridoce do sangue. Ela já viu sangue ser limpo. Talvez até demais. Tem experiência no assunto.

Jacques tornou-se alguém mais suportável com aquele monte de porrada na cara. Filtrado. O óleo que lhe escorria dos cabelos ajudava a lubrificar a cara de tonto. O curioso é que ele também havia sentido isso. Ele também havia gostado mais dele daquele jeito, e começou a sorrir. Sorriu tanto que se sentiu sublime. Sentiu-se tão sublime, que gozou. Gozou do alto de seu momento mais baixo. Quando sentiu o gozo de Jacques, Karen parou. Parou deixando-o na cama para Pedro, irmão de Agner e assistente do clube, limpar depois.

Ao se vestir, Karen disse para o homem ensanguentado que ia levar o rabo para casa. Ele concordou. Teve que concordar. Não conseguia abrir a boca para dizer não.

Se discordasse, poderia levar mais porrada. Se levasse mais porrada, poderia gostar. Se gostasse demais, poderia morrer.

Com a voz embolada e com catarro de sangue, perguntou o nome dela. Ela lembrou de uma música que estava na cabeça, de uma banda que uma amiga apresentou. Uma banda que estava cansada de ser relevante. "ALALA", de Cansei de ser sexy. O sarcasmo sempre vence.

Realmente, ela estava cansada. Lembrou da vocalista, Lovefoxxx, e disse o nome em voz alta:

— Lovefoxxx.

Hesitou por um minuto.

— Com três X.

— Com três o quê?

— X.

Saiu rindo pela porta com a coincidência de ter descoberto a banda que levou tanta porrada que morreu. Descoberto logo naquela semana.

Chamou por Pedro para que ele limpasse o sangue do quarto e soltasse o homem que mais parecia um bicho atropelado e quase morto. Taxidermia. Bom. Ele era, finalmente, aquilo que o fascinava. O fim, aparentemente vivo, de quem já queria ter morrido.

Espantalho.

Nada dentro.

Concha vazia.

Empalhado.

Um bosta.

Nada além de casca.

◆

Segundo a Wikipédia, uma raposa selvagem pode viver de 10 a 15 anos, mas a maioria sobrevive por apenas 2 ou 3 anos devido à caça, atropelamentos e doenças. São canídeos ligeiramente menores que um cão de tamanho médio.

As raposas são caçadoras oportunistas e apanham suas presas vivas. A técnica de caça mais comum, aprimorada desde a juventude, é pular sobre a presa para matá-la rapidamente.

A dieta da raposa é ampla e variada e inclui, além de pequenos mamíferos (como roedores e coelhos), répteis, anfíbios, insetos, aves, peixes, ovos e frutas silvestres.

O excesso de alimento é armazenado pela raposa para consumo posterior, geralmente enterrado no solo, sob folhas ou sob a neve. Por caçarem apenas o suficiente para alimentar um animal, as raposas são predadoras solitárias e não se reúnem em grupos.

❖

A Submissão existe para que pessoas poderosas possam perder poder em algum lugar, preferencialmente, seguro, não é? Ganhar vida onde ela existe pouco. Ser bebê. Majestade. Ter alguém que te alimente e que te diga o que fazer. Finalmente. De novo. Ou, às vezes, pela primeira vez.
    Poder ser coitado.

❖

Pedro entra no quarto com Jacques sem saber o que vai encontrar. Tudo bem por Pedro. Será? Isso é rotina. Será mesmo que tudo bem por ele?
    O irmão de Agner, Pedro, é, fisicamente, o oposto dele. Forte e grande. Não tem pouco dinheiro, mas se o tem, foi porque Agner lhe concedeu uma via de seu caminho. E o custo disso não foi baixo.
    Hoje, Pedro é especialista em limpar sangue e sêmen rapidamente. Tornou-se muito atento a problemas e em como resolvê-los. Limpa o sangue do rosto de Jacques como um pai limpa a terra do rosto de seu filho que caiu no parquinho.
    Há silêncio no quarto. Só silêncio, e o tanto que poderia haver de alguma coisa se retém na vergonha da sujeira do pós-sexo. Jacques ainda está vivo. Menos mal. Não era sempre que existia a sorte do cliente estar vivo.
    Todos sempre assinavam um termo de responsabilidade, pois era sabido que a coisa poderia ficar pesada.
    Ainda assim...
    Ainda assim.
    Às vezes, o desejo fala mais alto. É melhor morrer do que continuar vivendo sem o desejo que mais gostariam de viver. Sem ter o pau enfiado onde mais queriam. Com a cara no sangue de Jacques, Pedro insiste em lembrar do irmão. Com a cara no sangue de Jacques, Pedro tenta lembrar a razão de ainda agradecer o irmão pela oportunidade.

Todo dia, ele limpa. Máquina de hemodiálise. Mas, lá no fundo, todo dia, ele ainda contesta a razão de limpar. Então, lembra que, para limpar, precisa de talento, afinal, não é um trabalho para qualquer um. Não mesmo!

Soltando o homem desnudo e quase morto das algemas, ele continua quieto. Com as mortes que tem nas costas, é mais quieto ainda. Com as mortes que ele causou. Com as mortes que o irmão causou. Com as grandes mortes que qualquer um dos funcionários tenha causado. Para os clientes, abandonar a vida durante aqueles minutos pode significar abandonar a vida para sempre, e tudo bem, mesmo com as mortes de todos que já passaram por ali e não sobreviveram a seus próprios pedidos e instintos.

O sexo, às vezes, traz vida, mas Pedro nunca viu isso acontecer.

Somos aquilo que nos assusta, e queremos consumir tudo o que mais odiamos. Este é o inconsciente bestial da civilização.

Em clubes comuns de BDSM ou fetiche, a coisa não é assim. A submissão é, acima de tudo, respeitada. Ninguém sai do roteiro. BDSM é acordo, um contrato feito pelo verbo e pelo nome, como o desejo expõe.

Mas no La Petite Mort.

No La Petite...

No Mort.

Os desejos podem ir mais longe, e, dependendo da quantidade de dinheiro, compram até o desejo do outro. E o clube também oferece um serviço ainda mais selecionado. Um do qual nem todos os clientes sabem, pois nem todos suportam saber ou pagar.

Agner realiza todo e qualquer desejo de seus clientes que pagam ainda mais. Todo. E. Qualquer. Isso inclui realizar fantasias dos clientes fora do clube, em um lugar seguro.

Uma espécie de ilha da fantasia do desejo, já que nem sempre envolve sexo, mas sempre envolve orgasmos. Um dos clientes a comprar um desses pacotes com Lovefoxxx foi Eugênio Weinz de 87 anos. Dono da maior marca de pianos no Brasil, herdeiro e grande empresário da área musical, não conseguia mais transar, mas pagava para assistir às coisas mais absurdas possíveis do clube. Desde garotas usando fantasias de ETS, até mulheres deitadas no chão enquanto cobras passeavam em seus corpos. Tinha um apreço especial por Hentai e pelos quadrinhos de Milo Manara que, muitas vezes, eram mostrados e lidos para ele, por mulheres nuas que trabalhavam no La Petite Mort. Em um dia de visão boa e muitos óculos, ele conseguia enxergar algo dos quadrinhos. Às vezes.

Eugênio, mesmo na cadeira de rodas, também aprendeu a bater em mulheres que se submetiam a ele, fazer o que no BDSM chamam de *Spanking*, com um chicote de mais de três metros. E, às vezes, o chicote corta, mas se for com alguém que gosta, não tem problema. Esse é o segredo.

Viúvo, Eugênio tinha uma cadeia de funcionários homens que o apoiava e se divertia com suas buscas sexuais. Mas um dia, *naquele* dia, Eugênio decidiu tentar algo diferente, e chegou com uma ideia que Agner viu como arriscada, mas decidiu arranjar, pois pagava bem, e essa era mais fácil, pois nem precisaria sair do clube ou criar um cenário para fazê-lo. Além de querer apanhar de Lovefoxxx, enquanto ela usava o rabo, Eugênio quis tentar o que ele chamou de "brincar de vampiro".

Agner ligou para Lovefoxxx e pediu que ela falasse quando estivesse no segundo dia de sua menstruação. Lovefoxxx, como boa funcionária, avisou. Eugênio já *não tinha transado* com todos do clube, faltava apenas a novata. Foi então que ele pagou Lovefoxxx para beber o sangue de sua menstruação e, além disso, também quis ser cortado, para que Lovefoxxx melecasse a própria bunda com o sangue dele, e ele pudesse lambê-la. Bebendo o próprio sangue, talvez, ele acreditasse que teria mais vida.

Eugênio teve o último momento de pau duro, direto da cadeira de rodas. Lovefoxxx a travou no chão e colocou a bunda com o rabo na cara do velho.

A idade é algo interessante. Quando você é velho, já viu de tudo, e gosta das coisas mais bizarras, o que ainda pode te excitar? O que mais pode ser diferente? O que você ainda não viu?

Diabético e com dificuldade de cicatrização, os cortes infeccionaram, e Eugênio acabou morrendo depois da brincadeira. Pelo menos não foi no clube. 87 anos. "Causas naturais" e dignas. Caixão fechado.

◈

Esposas, às vezes, querem saber o que aconteceu com seus maridos. Filhos querem saber o que aconteceu com seus pais. O nome é bonito. La Petite Mort. Mas não. Não é pequena aquela morte que acontece como não deveria.

Veja bem. Cada caso é um caso — como cada prazer é um prazer —, mas Pedro é obrigado, sempre, a manter alguma discrição caso encontre algo terrível. Ataques cardíacos. Enforcamentos acidentais. Cortes de artérias que deveriam ser só veias. Todos acontecem com mais frequência do que se gostaria. Ainda assim, para alguma (in)felicidade, quando não morrem, os clientes sempre costumam voltar.

◈

PROCESSO DE CUIDADO COM OS MORTOS NO LA PETITE MORT

1. Os que morrem no local não podem ser retirados enquanto há pessoas no clube;

2. Precisam esconder os mortos de Lorena, esposa de Agner, para que ela não se entristeça;

3. Todos os mortos, antes de retirados do clube, devem estar devidamente vestidos e decentes, na medida do possível;

4. Todos os mortos têm a família comunicada com uma ligação de um hospital;

5. Todas as famílias precisam achar que a pessoa em questão sofreu um acidente, foi assaltada, ou teve um problema de saúde e foi levada para o hospital por alguma alma caridosa;

6. Médicos, donos do hospital, farmacêuticos e donos de plano de saúde também são clientes do La Petite Mort, eles ajudarão a encobrir a situação do colega pervertido;

7. Nenhum morto vai para o IML. Políticos também são clientes do La Petite Mort;

8. O homem (ou mulher) devem ter um enterro com dignidade;

9. A família vela, tranquila, a perda do morto exemplar e digno;

10. O clube manda uma coroa de flores vermelhas, sem inscrição, ao funeral.

Um bom esquema. Todo o esquema orquestrado, pensado e posto em prática por Pedro.

◆

Karen entende que, provavelmente, ter que seguir o roteiro à risca é uma coisa que só acontece com os garotos e garotas de programa do La Petite Mort, mas percebe que, para os clientes, talvez essa combinação seja mais elástica.
Ela realmente vai ter dinheiro.
Ela realmente vai ter a facilidade de pagar o tratamento que a mãe precisa. E, então, talvez ela volte a lutar. E, então, talvez ela consiga um patrocinador com quem ela possa contar. Então, talvez, ela possa contratar o melhor treinador que conhece.
Ela é forte.
Vale a pena, não vale? Claro que vale!
Uma mudança maior no roteiro, e ela pode bater no cara. Se safar. E ele ainda deve agradecer. Todos que a procuram gostam disso, não gostam? Dos males o menor, no final das contas. Tem quem conserte a situação.

Agner deixou claro e ela viu que Pedro realmente entra em ação quando necessário. Ela só vai ter que fazer uma parte do trabalho sujo que é fazer o dito cujo do cliente gozar. De resto, quem limpa são os outros. Tudo bem. Talvez, tudo bem, afinal.

◆

Ainda que Agner sempre diga sim aos clientes, toda vez que fecha o contrato para uma dessas experiências mais pesadas e seletas, ele lembra de uma noite. Um dos clientes, heterossexual, rico, casado, tinha uma fantasia de transar com um menino que não saberia significar direito o que estava acontecendo. Gostava da ideia de que só ele compreenderia o acontecimento. Forma mais sublime de controle do gozo. Forma mais segura de um hétero ser homossexual.

Então, conseguiram o garoto. Irmão de um dos *barmen* do clube. O menino tinha um grau elevado de autismo, e todos sabiam, afinal, o barman precisava trabalhar lá para ajudar a conseguir sustentar a escola especial do irmão. Claro que o barman nunca soube a razão de seu irmão ter desaparecido por dois dias. Mas Agner sabia. Pedro também.

Levaram o menino para algum lugar bem longe do clube e o prenderam na cama para que o cliente pudesse fazer o que quisesse. Estavam longe de todos, num lugar inominável. Era mais fácil para o cliente, assim. Vendado, como pediu, foi levado em um carro até o local e, ao chegar no quarto, o menino já estava na cama.

A primeira experiência homossexual do cliente foi exatamente do jeito que ele queria. O menino gritou até parar de gritar. Sofreu até parar de sofrer, e quando sentiu o gozo quente do cliente em seu rosto, não conseguiu respirar direito. Quase sufocou, mas conseguiu voltar.

O cheiro azedo e agudo do esperma o fez lembrar o que havia passado na escolinha uma vez. Com um inspetor. Ele se lembrava daquele cheiro. O rico ofegou. Transpirou. Gozou na cara do menino, depois saiu. A cara de terror do outro o fez gozar mais rápido. Rápido, pois jamais poderia encarar o menino após o gozo. Era para o menino só ter existido antes.

Porta batida.

Rico fora do lugar inexistente.

Seguro.

"Vida que segue". Para quem, afinal?

Pedro entrou em cena com sua usual limpeza. O cliente estava satisfeito. Tinha gostado, mas ninguém podia saber disso, e tudo bem.

Nunca mais ninguém falou no assunto. Claro que o menino só ficou pior do que já era, mas também não soube contar para ninguém o que aconteceu. Obviamente. Afinal, por isso foi escolhido.

Deixaram o menino onde ele havia sido sequestrado, dois dias depois, com um sanduíche de queijo e presunto na mão, uma caixinha de suco e uma roupa desconhecida, mas limpa.

A família ficou feliz ao encontrá-lo. O menino, que não sabia o que era felicidade, soube menos ainda depois do ocorrido.

Agner não conseguia superar o fato de ter feito aquilo, então tentava esquecer. Havia ido longe demais até para ele, mas o dinheiro tinha sido bom, então ele cedeu.

Hoje o cliente é um dos políticos mais respeitados do país. É claro que é. E ninguém nem imagina. Claro que não.

◆

Depois do incidente, Agner planejou parar de proporcionar esses serviços mais exclusivos, mas logo um dos clientes ofereceu uma grana alta, de novo, para que Agner construísse um cenário de um vestiário masculino lotado de meninos de vinte e poucos anos, heterossexuais, que estariam por perto, se trocando e tomando banho, enquanto o cliente seria comido por um dos colegas deles.

E foi.

E fez.

E foi bom para todos.

A experiência ruim anterior havia sido minimizada. Brian, o menino que foi ativo na fantasia, desenvolveu seu papel de maneira excepcional: musculoso, bonito e seguro, não deixou o cliente nem mesmo pensar duas vezes. Já chegou dominando e colocando o cliente de quatro, enquanto os outros "atores" se lavavam e ouviam tudo.

Foi com calma. Teve todo o tempo do mundo. O cliente sentiu tanto tesão que não deu tempo nem de pensar duas vezes, apesar do excesso de tempo. O homem havia sido consumido por seu desejo e ponto final. Quando é assim, o tempo vira uma coisa bem relativa.

◆

Quanto custa sua bondade?

Qual o preço do seu tesão?

◆

Além de Pedro, o La Petite Mort conta com toda uma equipe que vê, no sexo, o meio para algo maior. A equipe é grande, mas você só precisa saber de alguns nomes para o resto da história ser contada.

Roberta Arruda/ "Nancy Bangerz"
20 anos

Todo mundo sabe que "Nancy" faz vídeos pornôs online — com o namorado — e que, por conta da exposição excessiva de seu corpo, conseguiu muitos seguidores em seu Instagram. Em decorrência, acolhe olhares de inveja de mulheres com prioridades erradas. Por tudo isso, acredita ser alguém especial.

Quanto mais mostra, mais gente a segue, quanto mais gente a segue, mais acha que tem fama. Ninguém nunca lhe disse que isso não é fama, mas uma jaula reservada em um zoológico. Que ela não é uma celebridade, pois não há nada célebre em nenhuma veia de seu corpo. Bastante limitada e inocente, acredita que o que o namorado sente por ela é amor, e acha que testar vibradores e expor opiniões usando sempre a mesma variação de quatro palavras como elogio é trabalho. Abuso é algo que nunca passou pela cabeça dela, afinal, as pessoas acreditam tanto no amor, não é mesmo?

Triste por sua família tê-la discriminado por conta de suas escolhas profissionais, e pelo pai que costumava abusar dela quando criança, Nancy ainda acredita que fez a escolha certa, e que é protegida por seu grande amor, aquele que a fode, incansavelmente, fisicamente e psicologicamente, na frente dos olhos de todos, desde que paguem a quantia certa para ver o show.

Nancy também trabalha no La Petite Mort. Foi contratada a partir de um convite de Rodrigo, seu namorado, que conheceu Agner numa festa, e disse que a "disponibilizaria" se tivesse 30% dos lucros de cada programa até o fim do contrato.

Claro que Nancy também não sabe dessa negociação, nem que esse dinheiro existe, pois ele vai para um investimento só de Rodrigo. Claro, também, que, de comum acordo entre Rodrigo e Agner, o valor do programa nunca é verbalizado entre ela e o cliente.

Rodrigo Melinski
30 anos

Narcisista extremo, transa online com a namorada, mas oculta o rosto quando o faz. Afinal, apesar de ele achar que seria uma honra todos poderem ver o lindo rosto dele, prefere preservar a própria dignidade, mas claro, não a de sua namorada, Nancy, afinal, ela precisa aparecer para que tenham mais seguidores e, por consequência, mais clientes. Poucos desses homens conseguiriam nomear as feições do rosto dela. Rodrigo também gosta disso.

"Madalena"
24 anos

A transexual mais procurada do clube, Madalena, gostaria de ter sido chamada de Bruna, mas o apelido pegou muito antes dela conseguir a troca de nome no RG. Vinda de uma família religiosa, com pai pastor, começaram a chamá-la assim na escola pública, desde a época em que era Bruno na certidão de nascimento. Com o tempo, Bruna foi se acostumando, aceitando, compreendendo. Entendeu que a história contada por seu pai sobre Maria Madalena não era verdadeira. Começou a acreditar que assumir o apelido talvez fosse sinônimo de força. Assim como Maria Madalena, Bruna "Madalena" havia sido injustiçada, e acreditava que Deus poderia ser melhor do que aquilo que conhecia.

Bancando seu sexo e sua liberdade no La Petite Mort, tem como especialidade prender homens em gaiolas e fazê-los submissos, permitindo, assim, que eles acolham o próprio desejo como Madalena acolheu a verdade sobre seu gênero.

Lorena
52 anos

Mulher de Agner, ótima vendedora e especialista em fazer a arte dele parecer algo sublime. Atendente e sócia da sex shop que fica dentro do La Petite Mort, ela sabe ser muito gentil com os clientes, além de demonstrar muito bem como eles podem fazer uso de cada produto. Acolhe cada pessoa, cliente ou funcionário, como acolhe cada desejo apresentado. Ama sua família e sua vida. Livre em suas escolhas, parece ter nascido para fazer o que faz. Traz paz ao ambiente e leveza a qualquer eventual peso que haja no lugar.

Brian
27 anos

Não se sabe o real nome do namorado de Agner e Lorena, mas ele é, definitivamente, o menino mais procurado do clube. Ninguém sabe se por realmente ser o melhor de cama, ou se pelo casal dono do clube fazer tanta propaganda do rapaz. Quando precisam anunciar alguma novidade, lá está Brian em todos os flyers e comunicações possíveis do local. Falante, galanteador e com péssimo português, se visto fora do contexto do clube, pareceria até um pouco cômico. Mas lá dentro... lá dentro ele é perfeito. É como se ele só existisse no La Petite Mort ou dentro de alguma academia. É bonito e com um bigode bastante caricato. Ganha os clientes pelo abdômen trincado e pelo tamanho do pau que, além de tudo, nunca falha. É assim que salienta o flyer.

◆

São tantos os clientes que Lovefoxxx perdeu a conta. Toda semana, ela vive para bater e, agora, usa o rabo por livre e espontânea vontade. Virou marca registrada ter parte de um bicho morto enfiado no cu.

A sorte é que o bicho morto a faz sentir, sempre, mais viva. Sente falta de lutar, claro, mas bater ainda é uma frequente, e é quase a mesma coisa. Quase. Em sua casa, a mãe não faz perguntas desde que exista café da manhã, e agora sempre há. Seu irmão não faz perguntas desde que existam novos jogos de videogame e salgadinhos de boa qualidade.

"*Sommelier* de salgadinho, filho da mãe".

E agora sempre há.

Agora, a mãe vai para a hemodiálise no carro da filha. Ou de táxi. Sempre é atendida no horário agendado na clínica particular.

Não é sempre que Lovefoxxx transa nos programas. Às vezes, os caras gozam enquanto ela bate. Acontece muito. Às vezes, apanhar é só o que eles querem, mesmo… A excentricidade dos ricos!

"Quanto será, aproximadamente, que alguém precisa ter na conta para deixar de ser considerado maluco e começar a ser considerado excêntrico?", ela se pergunta, quase sempre, enquanto bate em um novo deles que só quer apanhar.

Quanto do seu real desejo sua vida comporta?

◆

Pérola Brandão é uma grande fotógrafa. Artística e super bem conceituada, decidiu, agora, fazer um trabalho sobre Shibari. Mas quer fotografar mulheres nuas e desinibidas. Mulheres nuas e com tesão. Mulheres nuas e com raiva. Como grande mestre das lentes, sempre procura, através delas, a verdade, e sabe que não vai conseguir isso com mulheres que sejam "pouco livres", como ela diz.

Acha que liberdade feminina tem a ver com nudez, quase como um homem. Então, Pérola vai ao clube e explica sua necessidade para Agner, que, vaidoso, adora a proposta: uma fotógrafa shibarista que quer mulheres que não tenham amarras.

"Amarras", eles brincam com os dedos fazendo aspas no ar.

Riem.

Fabuloso!

Ironia também traz uma espécie de prazer para Agner, por isso a usa.

Pérola quer fotografar muitas mulheres, mas a que faz questão de amarrar e fotografar mesmo é Lovefoxxx. Já ouviu falar dela e acha que a estética dos músculos, contra as cordas, daria um ensaio lindo. Agner concorda, pois gosta de dinheiro e de coisas que o façam achar que seu trabalho é menos porco do que é.

✦

A resistência das cordas torna os corpos mais densos. Para fotografar, sempre há suspensão. Com ela, algumas modelos se sentem livres. Outras não conseguem lidar com o fato de não conseguirem se mexer e, com o fato de estarem presas, se sentem como mortadelas amarradas para exposição no supermercado.

Mas nem todas. Nem todas.

Algumas sentem que o sexo é melhor exposto quando voa. Abrem as pernas e os braços como nunca. Encaixam, na falta de gravidade, o que a gravidade não permite. Sentem que mais pesado que a vida, só o ar. Tão pesado que acalenta. Tão pesado que acolhe.

Nas fotos de Pérola, toda a beleza que elas sempre gostariam de ter tido, mas raras vezes havia visto nelas mesmas. Muitas só se olhavam no espelho para se maquiar, ou nos espelhos do La Petite Mort durante o sexo que não gostariam de estar fazendo. O excesso de sexo sem tesão faz isso com a beleza: a torna algo ruim de ser reconhecido.

Karen conhece Pérola e sente o seguinte:

"Enquanto ela me amarrava, eu podia ouvir meu coração bater entre as cordas. Quanto mais amarrava, quanto mais forte ficava cada nó, mais eu podia ouvir a compressão de minhas veias.

Parei de sentir minhas mãos, ao mesmo tempo que sentia o pulsar de cada uma das veias entre os espaços não preenchidos.

Eu era feita de veias.

Sangue.

E coração.

Meu coração entre tudo.

Cada. Batida.

Estava lá.

Minha sensação de conforto é apenas possível pelo desconforto.

Minha sensação de liberdade, apenas por eu estar presa, cada vez mais presa.

Depois de me amarrar com as cordas nas mais diversas posições, ela vinha tirar as fotos.

Me via com as lentes de um olhar inteiro.

Eu era o foco.

Eu inteira.

Não apenas um pedaço do meu corpo e, assim, me olhava. Me olhava e me via vulnerável.

Sem medo de estar vulnerável.

E não há nada mais bonito do que a vulnerabilidade de alguém sempre forte.

No dia seguinte da nossa primeira sessão, acordei e senti como se tivéssemos transado. Às vezes, depois de transar com os clientes tinha dúvidas se isso, de fato, havia acontecido.

Com ela, não houve dúvida, mesmo sem haver penetração. É... realmente, o sexo não está aí. O sexo não está no que, fisicamente, encaixa.

No pós-não-sexo, uma ligação. Na ligação, tudo que eu queria que, novamente, fosse visto em mim.

E, por todo o sempre, que quem eu sou conseguisse suportar quem eu era.

E assim fomos.

E assim fizemos.

Parecia que ela também queria algo bonito de mim.

Nunca ninguém queria algo bonito de mim.

Quem paga por sexo só sabe querer nossa podridão".

◆

Festa fechada para os funcionários do La Petite Mort, com tudo do bom e do melhor. Não se sabe se Agner quis ser gentil ou oportunista. A dúvida ficará, mas não importa, ou importa, mas não agora.

Lá, Lovefoxxx, Nancy Bangerz e seu namorado, Rodrigo Melinski, começam a conversar. Dentro da conversa, começam a se atrair. Bebem, dançam e suam ao som de "Tear you Apart", da She Wants Revenge.

O sexo fica mais próximo quando pessoas suam juntas antes do toque. Pós-atração, começam a se beijar. Do beijo e da bebida, sai a transa. Transa que acontece frente às câmeras e online para um mundo de gente ver.

A primeira vez que Rodrigo destampou o próprio rosto para transar online foi quando transou com a namorada e com Lovefoxxx. Só a namorada não era o suficiente para ele.

Quanto mais a interação entre os três acontecia, mais Lovefoxxx se sentia acolhida por Nancy, à vontade com ela, e um pouco incomodada com Rodrigo.

Tapas.

Sexo animal.

A namorada, vendo esse lado mais solto de Rodrigo, se empolgou e, na brincadeira, fingiu que ia colocar o rabo que Lovefoxxx sempre carregava, em seu namorado.

Pra quê?

Rodrigo não gostou nada e, com a masculinidade ferida, começou a bater em Nancy.

Nada sexy.

Apenas violento.

Muito violento.

Violento demais.

Lovefoxxx viu aquilo e acabou com ele, online. Para todo mundo ver. Nunca houve tanta gente assistindo. Alguns caras, em suas casas, silenciosos para que suas esposas não os ouvissem, davam apoio ao homem, por texto, fingindo que estavam trabalhando até mais tarde.

Já muitas outras pessoas apoiaram Lovefoxxx e Nancy. A cena agora era Lovefoxxx com as juntas dos dedos abertas de tanto bater em Rodrigo.

Rodrigo chorando e pedindo para Lovefoxxx parar, enquanto Nancy, sozinha, chorava e se tremia no canto da cama.

Rodrigo estava no chão perto do modem. Puxou o fio. Online. Offline.

Caiu a conexão porque convinha para Rodrigo.

WiFi é uma porcaria! Dá problema o tempo todo.

Masculinidade frágil, também.

◆

Trapézio.

Trapezoide.

Capitato.

Hamato.

Pisiforme.

Piramidal.

Semilunar.

Escafoide.

Falange distal.

Falange média.

Metacarpo.

Todos um pouco estraçalhados por darem aos outros os desejos que acabam com eles, e por proteger Bangerz, afinal, os socos de desejo e de proteção sempre saem do mesmo lugar.

✦

Agner só gritava. Parece que Rodrigo foi contar para Agner que Lovefoxxx fez com ele. Agner ficou puto, pois achou que ia perder uma de suas rendas.

30%.

30%!

Era só o que passava pela cabeça dele.

Sai Rodrigo, entra Lovefoxxx.

Lovefoxxx estava sentada na cadeira da sala de Agner sem saber o que fazer com tanto berro, então também começou a gritar. Gritou que bateu em Rodrigo, pois ele havia batido em Nancy. Gritou que aquilo não era aceitável. Gritou que ele iria matar a menina, mas nenhum dos gritos de Lovefoxxx fez com que Agner parecesse se importar.

30% de cada programa de Nancy ainda estava na cabeça dele. Ninguém sabia, mas estava.

Lovefoxxx foi suspensa do trabalho por um mês, até Agner pensar "no que ia fazer com ela". Lovefoxxx saiu dando um soco na mesa e batendo a porta. A mão nem doía mais. A porta se calou.

✦

Pérola só gritava.

— É sério, Karen? É sério mesmo que você trepa assim, pra todo mundo ver? Uma coisa é você ter que ganhar uma grana com isso e tal. Outra coisa é fazer porque deu na telha, né? E online, porra, sério mesmo?

Você tem noção de quanta gente que eu conheço te viu nessa merda? E agora tá todo mundo falando. Você acha o quê, cara? Que eu vou ficar aqui pra assistir de camarote?

— Nunca teve um acordo que a gente não ia mais ficar com outras pessoas.

— Ah, não? Não tava claro? O que mais você queria, caralho? E porra... ONLINE? PRA TODO MUNDO VER ESSA MERDA! Humilhante, porra... olha, chega, né? Acho que chega.

— Mas...

— Chega!

E assim, como entrou na vida de Lovefoxxx, Pérola saiu.

Os irmãos, Agner e Pedro, sempre gostaram de assistir lutas de boxe. O pai, antes de ir embora, casar com outra e deixá-los sozinhos para serem criados pela mãe, sempre mostrava lutadores e assistia lutas com os meninos.

Ali.

Sugar Ray Robinson.

Rocky Marciano.

Joe Frazier.

Liston.

Havia fascinação em ver um homem destruir outro, pois era exatamente o que ele não conseguia fazer na rua. As lutas, então, começaram a ficar frequentes dentro de casa. Só que acontecia apenas quando o pai bebia. Cynar com pinga.

Pai contra a mãe.

E a mãe sempre perdia.

Na última luta entre eles, ela teve um ferro marcado nas costas, pois não havia passado as roupas direito. A pele descolou dela e colou no ferro. Descolou dela. Colou no ferro. Pele num tanto de pele. Pele no ferro. Cinco vezes. Por pouco não foi o rosto.

No dia seguinte, ela teve febre. Os meninos cuidaram da mãe que, agora, além de sozinha era solteira. Pedro havia nascido para limpar feridas dos outros na cama. O efeito da bebida passou, mas daquela vez o pai não pediu desculpas. A ressaca foi porta afora com mais Cynar, que era ruim, que nem a vida.

◈

Pedro ouviu o que havia acontecido com Lovefoxxx na sala de Agner. Sempre estava bravo com o irmão, sem deixar isso transparecer, mas aquele dia havia ficado pior. Pedro lembrou da mãe.

Lovefoxxx não estava errada, mas Agner não ouvia ninguém. Pedro sabia que Lovefoxxx precisava de dinheiro e que a mãe dela precisava da hemodiálise. Entendeu, então, que durante a suspensão, ela poderia fazer dinheiro de outra forma. Uma forma que, até então, ela não sabia ser possível, e ele não havia contado, pois, além de raiva, tinha um pouco de apreço pelo irmão, mas agora...

Agora, ele havia lembrado da mãe. Por Lovefoxxx. Por Nancy. Pela mãe de Lovefoxxx.

Mãe.

◈

"Bem-vinda ao Abatedouro!" foi a primeira coisa que Lovefoxxx ouviu de um cara asqueroso sem um dos dentes da frente assim que chegou ao local acompanhada por Pedro.

Ao entrar, viu um galpão que funciona às vezes como uma arena, construído com cimento queimado e decorado com má iluminação. Uma luz branca, fluorescente, pisca sem parar e irrita quem ainda não se irritou por existir.

As crostas do vermelho seco do sangue tomam conta do chão que parece implorar por Veja Multiuso Power Fusion. São cicatrizes. Assim como possuem todos os outros que lutam lá.

— Que porra é essa? Clube da Luta? — Lovefoxxx perguntou.

Pedro riu.

— Clube da Luta é história de princesa perto do que acontece aqui!

Lovefoxxx arregalou os olhos.

— Rinha humana, querida. A única regra que existe é que as pessoas não podem usar armas pra lutar. Fora isso, tudo é permitido.

Ela olha em volta e vê um monte de cara destruído.

Então, Pedro continua:

— A grande questão é que você é melhor que 99% das pessoas daqui. Até dos caras. E pode ganhar uma puta grana com isso.

— Como? Olha esse lugar! Quem tem dinheiro aqui?

— Eu não tô dizendo que aqui vai te dar o mesmo que você ganhava no clube, mas dá pra segurar durante o tempo da suspensão. Esses caras apostam tudo o que têm e mais um pouco. Além disso, é um espaço pra você lutar. Eu sempre venho aqui quando tô muito tenso. É minha terapia.

— E como funciona a grana?

— Você luta e leva 70% do que ganhar. Eu ganho o resto. Como seu agente.

Lovefoxxx passa o início da noite vendo um cara manco apanhar de um outro que tem um buraco de traqueostomia na garganta. Cicatrizado, mas está lá o buraco parecendo um cu, e com cu ela tinha experiência.

Com certeza, cabia o rabo de raposa ali. Certeza!

Realmente parece muito óbvio que ela ganharia a maioria das lutas naquele lugar, senão todas. Parecia uma boa proposta, no final das contas. Ela gostava de Pedro. Sentiu até uma coisa que parecia ser felicidade.

Então ela não só aceita a oferta de Pedro, mas decide que quer ter sua primeira luta naquela mesma noite. Para experimentar, a colocam para lutar com o cara da traqueostomia, que havia ganhado a primeira luta da noite, o do cu na garganta.

Ela tem uma puta raiva do cara com o cu na garganta. Sabe nem o porquê, mas tem.

Quando ela entra na roda, já aberta pelos caras, muitos começam a se entreolhar e dar sorrisinhos. Alguns outros chamam ela de mil coisas, que ela sempre ouviu no trajeto entre sua casa e qualquer ponto de ônibus que houvesse no caminho. Nada novo no reino da Dinamarca. Há mulheres na roda também, mas nenhuma chega perto de ser tão forte quanto ela.

Assim que soa o sininho estridente, Lovefoxxx vai direto nos olhos e depois no saco.

Claro.

Ela olha o cu na garganta do cara.

Fica com raiva.

Muita raiva.

Raiva do que aconteceu com Pérola.

Raiva de ter perdido o patrocínio.

Raiva do sangue da mãe ter que ser limpo.

Raiva de Agner.

Raiva dos clientes.

Raiva do Fofura no estômago sujo do irmão.

Ele tenta dar um soco nela, mas ela é rápida ao desviar. O segredo, ela sabe, é não levar. A partir do momento que leva o primeiro soco, a agilidade é comprometida, e aí tudo se compromete.

Jab.

Direto.

Cruzado.

Cara no chão.

É ridículo.

Ridículo de fácil.

Ela sorri para Pedro, que sorri de volta. Fazia tempo que ela sentia que ninguém estava tentando tirar alguma vantagem dela e, naquele momento, ironicamente, Pedro parecia ser o menor dos oportunistas.

Na arena, até o conjunto de golpes mais comum é novidade pra esses caras que nunca lutaram profissionalmente. Ela termina a luta, quase asfixiando o cara com o joelho dela no pescoço dele. O idiota, além de tudo, tem um trauma com a droga do pescoço. As lágrimas começam a escorrer pela asfixia, mas ele continua chorando porque fica com medo.

A perda da última luta quase profissional parece um pesadelo distante. Ela entende que todos os clientes foram outras lutas que ela ganhou. Dizem que pé de coelho dá boa sorte. Pelo jeito, rabo de raposa, também.

Agora ela nem precisa usar o rabo o tempo todo. Ela já é a caçadora. Todos são presas. Todos, a todo e a qualquer momento. Não vai mais ser submetida. Não vai. Deu.

Ela sai da luta com muito de todo o dinheiro dos caras do recinto. Pedro também. Já havia café da manhã por muito tempo, mas amanhã haverá mais.

E, de novo, a mãe não perguntará sobre o café, sobre os roxos ou cortes na mão.

◆

Depois do café da manhã do dia seguinte, Lovefoxxx pensa, palavras livres como num sonho.

"Eu sempre soco primeiro os olhos. Pelos olhos é a única maneira de chegar naquilo que eles veem e não deveriam ver. Naquilo que enxergam, mas não deveriam enxergar sobre mim. Às vezes, soco antes de enxergarem. Toda a questão é a vulnerabilidade. Não tem espaço pra isso. Se não houver esse olhar, aí eu tenho alguma chance de sempre ser minha grandeza.

Se não houvesse o que eu não desejo, talvez eu pudesse ter sido a assustadora protagonista do meu começo. O pudor é nervoso e crítico demais para conseguir respirar com calma, mas o cansaço pelo gozo do outro é o assombro que ferve em nossa ideologia putrefata de ser menos do que somos.

Eu acolho tudo o que há de ruim em você e, ainda assim, você me vê menos. Quem você pensa que é para me ver menos? Eu sempre soco primeiro os olhos...

Acho que tenho raiva dos homens, no final das contas. Isso cresceu em mim. Talvez eu só seja capaz de amar mulheres, pois todos os homens, no fundo, pareciam me odiar sem dizer que me odiavam. Sempre mentiam para poder tirar pedaços invisíveis de mim. Ainda assim, meu pai me amava. Minha mãe ama meu irmão".

◆

Na vida de Karen, quando línguas não estão colando na boca de um ou outro, o punho está. Quando genitais não estouram com o vai e vem de membros alheios, estouram com a violência de vários socos na carne. No final das contas, o intuito é o mesmo: se fazer desaparecer por meio do impacto. Ou se fazer construir assim, ou fazer desaparecer o outro e receber por isso – o que também dá no mesmo, já que o dinheiro começa a valer mais, assim que consegue destruir uma nova parte de qualquer um deles, ou de qualquer um de nós.

Agner não conseguiu não ter Karen pelo La Petit. Mesmo ainda com raiva, precisou chamá-la de volta, pois os clientes nunca deixaram de chamar por ela, e ele perderia muito mais do que 30% por programa se continuasse com a suspensão. Ele quis ser fiel a Melinski, mas não teve jeito. Os clientes a queriam como Pérola a quis antes de tudo.

Karen sempre pensava na expressão "jogar pérolas aos porcos". Nessa história, ela seria a porca de Pérola, amarrada com cordas, tal qual uma mortadela de supermercado. Não era sempre que elas se sentiam assim. Não eram todas elas que se sentiam assim, mas, às vezes, isso vinha, e então ela ria dela mesma, de Pérola e do Abatedouro.

Acontece que agora era diferente, pois Karen tinha o Abatedouro, mas também teria o La Petite. Talvez nunca mais tivesse problema com dinheiro. Nunca mais.

A porca daria a si mesma as próprias pérolas e nenhuma a diria que tudo o que ela fazia era errado.

"Eu não sei se, no final das contas, o que havia era desprezo pela vida ou muito apreço por ela, sabe? Mas uma coisa era fato: já não lembrava mais como era minha mão sem calos e sem sangue.

Eu não usava mais o rabo. Não queria. Não precisava. O que acontecia, agora, era eu usar neles, e fazê-los engatinhar para mim. Não importa quanto dinheiro me dessem. Não importa o quanto implorassem pra eu enfiar o rabo em mim.

Pérola entrou na minha vida como se tudo o que fui tivesse sido provisório. Agora havia um novo espaço, uma nova descoberta sobre quem eu poderia ser.

A cada volta da corda, uma velha parte de mim vai embora. Quanto mais presa, mais livre. Livre, pois eu podia querer sentir aquela dor. Livre, pois eu não precisava ser. Livre, pois eu não precisaria ganhar.

Ela havia feito os dois: as cordas e as fotos. A sensação de existir diminuía na força que ela tinha.

Como ela chegou naquilo, eu nunca soube, mas pelas lentes dela eu era quem não sabia. Descobri, pois viram primeiro. Ela viu primeiro, antes mesmo de mim.

Mas ela...

A boceta dela estava com gosto de perfume da última vez que a vi.

Um perfume que não era o dela.

Já imaginei a boceta roçando no pescoço de alguma vadia.

E ela gostando.

E me acusou ainda.

Como pode?

Será que foi por isso que ela não voltou mais e todo o motivo que ela me deu foi mentira? Será que foi por isso que ela não voltou mais?

É curioso. Não lembro dela por inteiro, lembro por meio dos detalhes, pois talvez a tenha encontrado mais perto do que longe. Mais à meia-luz do que à luz do dia.

Lembro do brilho do cabelo que mudava pelo movimento da chama das velas do quarto. Lembro do desenho do pescoço forte dela, que mais parecia um tronco de árvore, da boca entreaberta que eu, a todo instante, sentia vontade de lamber e beijar, que um pouco do que eu era pudesse entrar nela. Lembro das mãos, que me mandavam fazer o que ela queria e, com isso, eu me tornava um pouco mais do que não sabia anteriormente sobre mim.

Lembro do silêncio que enchia o quarto, quando o que eu queria era dizer tudo. Lembro de encostar nos cabelos dela sem retribuição, de querer abraçá-la de um jeito que nossa relação nunca permitiu.

Ela prestava atenção em tudo, então nunca conseguia focar só em mim. Quando nos víamos, eu era perdida no tempo e no espaço de um mundo que era só dela, muito distante do meu. Talvez ela conseguisse enxergar minha singularidade, mas a singularidade de ninguém jamais seria o suficiente para ser vista como algo único. Todos eram um mundo e ela via todos através de suas lentes e, muitas vezes, eu até achava que me via um pouco menos.

Eu era peso.

Ela não gostava disso.

Por isso, quando ela voltou ao La Petite, para lançar o livro, voltou com uma outra menina. Meio bege, sem graça. Pegava vinho branco e dava para Pérola como se cada taça fosse um prêmio de participação por seu grande esforço e agradecimento por estar com ela.

Todos nós, ali, com os corpos expostos em páginas e mais páginas, enquanto Pérola assinava como se a obra de arte fosse ela. Pretensiosa. Arrogante. Cara de baunilha. Dizia-se tão aberta, mas tinha tanto preconceito quanto os outros. Olha a menina com quem ela estava! Era aquilo que ela queria? Era aquilo que ela queria que eu tivesse sido?

Pelo menos todo o furor em torno das minhas fotos no livro fez com que Agner voltasse a me dar preferência em relação a alguns clientes, de novo. Talvez nosso conflito tivesse passado, afinal. Mas, agora, o que vinha à minha cabeça, apesar da dor ou por causa da dor, era o Abatedouro.

Aquela sensação da luta tomava conta das minhas mãos e eu não aguentava mais lutar com quem não revidava. Aquilo podia ter ficado adormecido de alguma forma, mas não dava mais. Eu não era aquela menina bege, nunca iria ser.

Naquele lançamento ridículo e hipócrita, decidi abraçar tudo o que mais podiam odiar em mim, pois era o que eu mais amava. Eu tinha que trabalhar para voltar a lutar.

Eu tinha dinheiro, não tinha?

Tinha o Abatedouro como treino, não tinha? Era isso.

O Abatedouro era o melhor treinador que eu poderia ter. Dessa vez, eu não ia perder.

Não mais".

◆

Wikipédia:

"As raposas constituem casais apenas na época do acasalamento, que ocorre em meados do inverno para as raposas vermelhas, a espécie mais difundida. Uma vez estabelecido, um casal ocupa um pequeno território que passa a defender de outras raposas. O período de gestação dura 51 e 53 dias, cada fêmea dá à luz de 2 a 5 filhotes por gestação, o macho e a fêmea cuidam dos filhotes. Nos dias que sucedem ao nascimento, o macho traz o alimento para a fêmea, enquanto ela cuida das crias na toca; mais tarde, o casal passa a caçar para alimentar as crias. Em meados do verão, as jovens raposas começam a caçar sozinhas e se tornam autossuficientes no outono. No início do inverno, as crias deixam o território e a família se desfaz".

◆

— Até agora não entendi se ela foi minha salvadora ou um monstro.
— Ela foi. É só isso que importa.
Foi isso o que Madalena falou, e abraçou Lovefoxxx.
— Ah, Madalena...
A salvadora.

◆

"Madalena havia acordado bem naquele dia, depois de me consolar. Estava feliz, apesar de cansada por trabalhar no La Petite Mort. A jornada era exaustiva, afinal.

Sabia que haveria uma festa naquela noite para o filho de um político, mas não tinha ideia dos pormenores. Sempre participava de festas, assim como todos os funcionários de lá, fora Agner. Estava linda, olhou-se no espelho e sentiu a plenitude de sua existência. Tinha cara de paraíso, o que tornava qualquer um à sua frente o temor vivo do próprio desejo".

◆

Naquela noite, a festa no clube seria fechada. Seria apenas para filhos de políticos. Não sabiam se era uma despedida de solteiro ou a comemoração de alguma outra coisa, mas era isso.

Acontece que, quando chegaram ao clube, tanto Madalena quanto Lovefoxxx ficaram admiradas com o que encontraram. O lugar era lindo, sempre foi lindo, mas estava especial. Os drinks tinham folhas de ouro. Na cozinha, Paul Manafort, ex-chefe da campanha de Trump, comandava os afazeres de mousse de pato, entradas com queijo Gruyére, caviar e sobremesas de frutas. De resto, vinho Veja Sicilia e champanhe apenas Perrier Jouet, claro. Todos os garçons usavam ternos com Corsets e Saltos 15, vermelhos.

Assim que os meninos chegaram e viram aquilo, ficou muito claro que não sabiam se excitavam ou se ridicularizavam a equipe. Certamente, um grande conflito na cabeça deles.

Depois de muita bebida, muita dança e tudo do bom e do melhor aos olhos do público, cinco meninos levaram Madalena e Lovefoxxx para um dos quartos do clube. Nada de novo. Aquilo já havia acontecido muitas vezes antes, com outros meninos. Naquela noite, Agner havia pagado mais para não ter que entregar nenhum roteiro anterior, apenas disse que nada diferente do usual aconteceria.

Lovefoxxx acreditou.

Madalena acreditou.

Todos os amigos influentes fizeram uma roda e tiraram suas roupas. Todos riam como se aquilo já houvesse ocorrido há muito tempo. Como se tudo aquilo houvesse sido orquestrado ou praticado anteriormente.

Todos sabiam o que estavam ali para fazer. Menos Madalena. Menos Lovefoxxx

Circle jerk. Todos começaram a bater punheta enquanto deixavam Madalena e Lovefoxxx no meio da roda. Lovefoxxx usava uma bota acima dos joelhos e só. Madalena estava nua com seu sexo em mãos.

Animado, um dos meninos colocou as mãos no pescoço de Madalena e apertou o mais forte que pôde. Lovefoxxx não viu, estava virada para o outro lado, de costas para a amiga.

Foi quando dois deles se entreolharam e, beijando Lovefoxxx, a prenderam na cama. Agner havia comentado algo sobre aquilo, ou pelo menos algo parecido com aquilo. Ela não lembrava direito, depois de tanto champagne. Um chupava Lovefoxxx, enquanto ela chupava outro que estava montado à sua frente. Era difícil enxergar alguma coisa naquela posição.

Lovefoxxx ouviu uma gritaria. Gritos eram normais naquela situação, mas aquele tinha terror. Com os gritos, os meninos pareciam ficar ainda mais fortes. Ela percebeu que, talvez, não tivesse tanta facilidade para se soltar. O que seria aquele grito? Era Madalena?

O menino que estava em cima de Lovefoxxx, então, enfiou o pau em sua garganta e não a deixava ver direito o que estava acontecendo, não a deixava respirar, também.

Quando ela, finalmente, conseguiu olhar, depois de quase vomitar no pau de um dos meninos, viu que os outros que estavam na roda, estavam rindo. Gargalhando, mais especificamente, e um deles estava com uma grande parte do pau de Madalena em sua mão. Já Madalena estava desesperada e sentada, no chão, gritando de horror, sem conseguir segurar todo aquele sangue que insistia em não parar de sair.

Lovefoxxx começou a gritar junto, foi quando um dos meninos lhe enfiou uma mordaça na boca. O que estava com o pau de Madalena na mão o soltou para continuar socando o rosto dela. Enquanto socava, falava que ela "tava mais perto de ter uma boceta agora", e a chamava de puta. Enquanto isso, o outro brincava com o pau retirado de Madalena, fingindo que o chupava.

E gargalhava.

Alto.

O Inferno é vermelho.

O quarto inteiro, também. Agora, ainda mais.

Lovefoxxx, com toda a força descomunal que tem, conseguiu se soltar e voou para cima dos meninos, pegou o rabo, que não usa, mas carrega, e enfiou na jugular do menino que bateu na amiga. Ela socou tanto o rosto dele, que tudo afundou.

Os outros meninos ficaram assustados. Poderiam lutar, mas não lutaram, e o poder do coletivo diminuiu.

As maçãs do rosto do amigo não existem mais.

Maçãs.

Pecado.

Aquela velha história toda.

Hoje, nos pecadores, as maçãs se partem antes de apodrecer.

Os dentes estão quebrados.

A retina do olho esquerdo fura com a força de uma das unhas de Lovefoxxx.

O caixão terá que ser fechado.

O hospital terá que dizer que foi uma briga de rua, mas o pai sabia onde ele estava naquela noite, não sabia? Sabia! Inclusive teve orgulho do filho. E pagou por tudo. Então, Lovefoxxx gritou o nome de Pedro, alto, muito alto.

O menino morreu na hora. Os outros saíram correndo e conseguiram fugir do clube. Sim, dinheiro compra tudo, até a culpa.

Se não fosse Lovefoxxx, Madalena também estaria morta.

◆

Nada mais solitário do que alguém que se acha totalmente livre.

Isso não existe.

Liberdade.

◆

Pedro levou Madalena ao hospital, desacordada e enrolada em um lençol branco e vermelho de sangue, apoiada em seus ombros, até entrar no carro. No desespero, à distância, os dois pareciam uma pintura renascentista. Seria lindo, se não fosse terrível.

Lorena foi junto, no banco de trás, e acomodou a cabeça da funcionária em suas pernas que tremem só de ver o estado de Madalena.

Maria.

Lorena chorou com as mãos no rosto da amiga, "filha", menina.

No hospital, Madalena foi muito bem cuidada. Sobreviveu, mas seu membro continuou dilacerado, só existindo para fazer as necessidades.

Além disso, seu rosto lindo não existe mais. É sorte que ainda consiga abrir um dos olhos. É sorte que só um lado do crânio tenha afundado e que seu cérebro não tenha sido afetado. É sorte que esteja viva.
Sorte.
Sorte?
Todo mundo sabe que há coisas piores que a morte.

◆

Terça-feira normal para qualquer um que não tenha uma vida muito trágica. Madalena havia recebido alta do hospital há uma semana, mais ou menos. Já estava bem e sem nenhuma possibilidade de passar por nenhum problema de saúde decorrente do ataque, mas qualquer dia tornou-se insuportável para ela.

Com o membro dilacerado e rosto desfigurado, ela já havia sofrido demais para sofrer mais um tanto descomunal o resto de sua vida. Ela não sabia mais o que era, quem era, o que sentia sobre ela e sobre o mundo.

O que podemos ser quando não temos palavras para nos definir? Naquele dia, Madalena não aguentou. Jogou a si mesma e o resto que havia sobrado de si de seu bom flat nos Jardins. Nenhum anjo tem sexo e, aqui, nossos melhores anjos não voam.

Nesse mundo, as asas dos anjos só existem quando são feitas de sangue no asfalto. Deus enxerga mal, nunca viu o vermelho do batom de Madalena, mas o Inferno é vermelho. O sangue também.

Aí de longe, do alto, bem de longe, com duas asas e auréola em vermelho, Deus, finalmente, os vê. Aí, Deus os vê.

◆

"A questão é que os homens não possuem compaixão. Talvez esse seja o maior dos problemas, eles gostam de nos colocar em situações das quais eles acham que nós não desconfiamos, mas sabemos tudo. Pelo menos sabemos muito. Parece um pouco impossível um homem não nos subestimar, está no DNA deles.

Eles acham que caímos no que dizem. Eles acham que não vemos o que eles fazem, vivem colocando cada parte de nossa grandeza em um pote escuro, pequeno e fechado, que eles gostam de carregar naqueles bolsos grandes que só as calças deles têm.

No coletivo, então, é pior. Eles se veem prontos para permitir um ao outro a destruir cada parte de nós. É futuro, e já deve ter sido contado que não somos objetos. É futuro, e já deve ter sido dito que merecemos respeito, não por sermos filhas ou mães, mas por existirmos. Ainda assim, não importa, não é? Nossas partes são maiores do que nós e sempre serão e, quando não são, não somos mais alguém. Tudo o que fala sobre sexo é seguro, pois não fala sobre amor. Não é?

Depois do que aconteceu com Madalena, eu só tinha vontade de lutar. O Abatedouro virou uma casa de corpos para mim. Homens que caíam como moscas aos meus pés.

Eu não lutava com outras mulheres, havia colocado isso como regra. Até poderia, mas todas tinham virado amigas, as meninas que estavam sempre lá. Os homens, mesmo quando amigos, não o eram, então tudo bem bater. Bater em um homem não era bater em um homem, era acabar um pouco mais com todos eles, e isso sempre me deixava feliz.

Um dia, Pérola me chamou de novo. Queria tomar um café, o que quer que isso significasse. No final, significou apenas um café. Pediu desculpas pelo modo como agiu. Pedi desculpas pelo modo como agi. Ambas tristes pelo fim abrupto e sem sentido, mas agora também não faria mais sentido voltar. Tudo bem.

Com tanta briga na vida, a gente pega o pouco de paz que, vez ou outra, aparece, a gente abraça e aceita. Que Pérola virasse amiga, isso seria possível com a dose certa de hipocrisia que eu achava que nós duas tínhamos.

Ótimo. Tudo bem".

◆

Brian falava demais, bem errado, mas ainda assim se fazia entender, e todos entendiam.

Agner contava tudo para seu namorado. Agner não sabia que, além do pinto fenomenal, quando o namorado brigava com alguém, não sabia calar a boca. Foi assim com o barman.

Muito difícil não haver guerra onde até o sexo é feito de guerra. Brian cuspiu na cara do barman e disse:

— Bem feito que seu irmão deficiente virou putinha de rico!

O barman entendeu. Tudo. Em um segundo, e só não voou na cara de Brian por ter sido segurado por Pedro.

O barman gritava horrorizado. Gritava.

Olhou para Agner, parado no canto, e perguntou mesmo já sabendo a resposta:

— É verdade isso?

A culpa de Agner o acusou e, então, ele ficou quieto. Quem cala, consente, nunca havia feito tanto sentido, e o barman gritava, gritava... Teve que ser levado para casa, por Pedro, que disse:

— Filho, no clube nada é bom, mas fora de lá também não é. A dor é o que a gente tem de mais nosso. Não há o que possa ser feito.

O barman saiu do carro chorando e nunca mais foi o mesmo. Nem seria possível que fosse.

◆

Thunder Fight. Circuito Paulista de MMA amador. Se ganhasse isso, ganharia uma vaga importante.

Lovefoxxx. Quanto ganha quem vence?

A ex-namorada de Karen está na plateia.

O namorado de Nancy Bangerz chega na arena e se esconde, com um taco de baseball, esperando para matar Karen na saída. Ela não sabe.

Quanto ganha quem vence? A família de Karen é levada de casa por capangas dos políticos, pais dos meninos que quase mataram Madalena. Ela não sabe.

Para onde? Ela não sabe. Karen ganha. Chora como nunca. Feliz como nunca soube possível. Essa vitória é nova, e melhor que as primeiras. Melhor, pois Lovefoxxx existiu.

Raposas resistem.

Assim ela o foi, mas Lovefoxxx precisava morrer. Era hora. Precisava nunca mais existir para fazer de tudo que havia acontecido, uma fase.

O barman invade o La Petite Mort.

Pedro vê o barman entrar.

A barra de aço inox virou instrumento para que Agner fosse empalado. Dessa vez, a esposa de Agner vê tudo. Foi forçada.

Pedro vê o irmão morrer. Pedro vê o barman sair, e deixa.

Karen vence a luta. Será profissional.

A adversária de Karen está no chão há alguns segundos, as pessoas gritam à sua volta. Pelo menos, é o que sua percepção faz do que aconteceu no início da noite. O barulho é abafado, mas ela imagina que ainda esteja lá. Deve estar.

É a primeira grande luta de MMA que ela vai ganhar. Seria possível isso?

Ao mesmo tempo que não consegue acreditar, não há outra possibilidade. A realidade dela é, realmente, uma maravilha naquela noite.

Ela acha.

Ela ainda acha.

Já a realidade da outra lutadora está bem triste.

Mas os políticos estão entrando na casa da mãe de Karen nesse momento.

E o namorado de Nancy Bangerz a espera lá fora com um taco de baseball.

Quanto ganha quem vence?

E que porcaria é essa coisa da realidade do nosso adversário melhor que a nossa?

Contagem.

O juiz abre contagem.
3
2
1
— Puta que o pariu!
(...)
"Ganhei!", pensou Karen.
Ela sabe que será profissional.
Mas foi notícia em 2016.
"Ser humano provoca metade das mortes de raposas-do-campo".
Dessa vez, Agner não se curou.
Doeu.
O membro e todo o resto.
Ele sabe que passa, mas amanhã será espantalho, como Jacques e sua taxidermia.
Empalhados.
La Petite.
La Grand.
L'amour.
La Mort.
A dor é como um gozo que vem, explode e some.
Ele sabe que amanhã não doerá mais.
Agora, ele não vai mais acordar.

Dizem que o subspace é uma espécie de transe, atingido pelo bottom (submisso) durante uma prática extrema. Isso levaria a pessoa a um estado de euforia tão grande, que ela pode não enxergar mais nada do que está em volta, apenas o dominador. Quando se entra nesse estado mental, parece que também é fácil se perder, esquecer a palavra de segurança, ou não conseguir falar. "A sensação dupla de prazer e dor gera uma resposta do sistema nervoso simpático, que causa a liberação de epinefrina das glândulas suprarrenais e uma descarga de endorfinas e encefalinas", diz Equina, uma praticante que também estuda o tema, e é alguém que trabalha na área da saúde.

Tal extremo faz com que a tolerância para a dor aumente muito e, por conta disso, talvez o sub não saiba a hora de parar. Por isso, a confiança no dominador precisa ser grande, pois, se o submisso cair, o dominador precisa estar lá para levantá-lo.

O subspace *seria o ponto máximo de prazer do submisso, mas que pode levar ao* subdrop *no mesmo dia, ou dias depois. O subdrop é o que, muitas vezes, pode levar o submisso ao extremo emocional ruim, deixando a pessoa chorosa, com raiva, carente, e claro, dizem ser um estado que pode até levar ao suicídio. É como o efeito depois de se usar uma droga potente. A euforia vem, mas, depois disso, o pior de você toma conta.*

PARTE IV
VERMELHO

Prenda o ar.

Isso.

Quanto tempo você acha que consegue ficar sem respirar?

Dizem que é treino, sabe? Uma vez eu li no *Guinness Book* que o mergulhador alemão Tom Sietas bateu o recorde do brasileiro Ricardo Bahia e ficou 22 minutos e 22 segundos sem respirar embaixo d'água. O recorde de Bahia havia sido de 20 minutos e 21 segundos. 22 minutos sem respirar.

Tempo.

Cada minuto, uma eternidade.

Tempo.

E uma pessoa que não treinou para isso ficaria cinco, seis minutos? Quanto?

Quanto tempo você consegue ficar sem respirar?

* * *

Eu era a próxima. Rainha Bathory era uma dominatrix daquelas, como poucas havia naquele lugar. Ela não era linda, mas sabia se fazer. Eu não sabia muito sobre, mas parecia que ela trabalhava como tatuadora em algum estúdio da Zona Norte. Curioso. Até como profissão, havia escolhido ter algum tipo de agulha por perto. Era, no mínimo, interessante.

Naquela noite, respirei fundo, me posicionei e só esperei que ela fizesse seu trabalho. Não o trabalho do estúdio de tatuagem, obviamente, mas o outro.

Ela tirou toda a minha roupa, enquanto me olhava profundamente, e prendeu minhas mãos e pés nas fivelas correspondentes do X da parede. Na ardência persistente da palmatória, senti menos de quem eu nunca gostei de ter sido, o que foi curioso. Eu não sabia que o efeito que este encontro causaria seria tão rápido. Já no primeiro golpe, lembrei de um homem, que eu não tinha certeza se tinha visto antes, porque aparecia como uma espécie de memória.

Não sei. Era estranho.

O que eu lembrava, ou imaginava com muita clareza, é que as agulhas levantavam a pele do sujeito e deixavam-na mais longe dos ossos. Com a pele suspensa, imagino que ele a sentia mais consistente do que quando estava folgada no resto de seu corpo. Porém, tudo que entrava por entre seus tecidos, entrava nele com consentimento. Mais do que consentimento, entrava com o desejo denso de conhecer seu limite. No BDSM, há a lei: são, seguro e consensual. No fundo, todos se perguntavam: "Mas quem é são? O que é seguro? A consensualidade total é possível?" Mas isso ninguém dizia. O quanto tudo isso importava de verdade? O braço do homem, lotado das agulhas, fazia o sangue pingar no chão como garoa fina, e assim se mantinha. Uma pequena poça para cada pequeno buraco na pele.

Oco.

Calmo.

O homem submisso já havia apanhado antes, não era novidade, e tinha ficado preso com as tais agulhas no braço. Eu sabia disso, pois havia sido acordado no contrato anterior à prática. Sempre o contrato. Importantíssimo. Pelo menos verbal. De início, lembro da cena quieta, como fica um velório quando o caixão é levado nos ombros pelos familiares. A cena teria continuado completamente silenciosa, não fosse a voz dele que tomava conta do ambiente:

— Eu sei por que você quer me odiar! — ele gritava a plenos pulmões durante a prática.

— Eu sei! Eu sei!

E chorava.

Mas ainda havia mais sangue do que lágrimas no chão, mais sangue do que suor, pois assim, todos ali presentes, sabiam o que ele queria.

Não sabíamos direito a história total, completa e irrestrita do tesão dele em gritar aquilo, mas também não importava. Lá, geralmente nada era muito contestado. Naquela casa de BDSM, todos eram solidários com a vontade alheia. Acolhedores, inclusive. Se alguém precisasse de ajuda, lá estariam eles, uns para os outros, mesmo as que pisavam com saltos ou fincavam agulhas. Se alguém precisasse ser espancado, teria quem o fizesse. Se alguém gritava algo absurdo enquanto era torturado, era considerado normal. Se alguém gozava na frente de todo mundo, durante a prática, fazia sentido também. Havia algo naquele lugar, algo bem bonito, algo do qual minha essência gostaria de fazer parte, ou talvez até já fizesse. Talvez sempre houvesse feito.

Além de tudo, naquele mundo, havia a palavra de segurança, que sempre seria respeitada, não existia outra possibilidade. E não, não havia nenhum porém quanto a isso.

ok! Vez ou outra acontecia algum probleminha, mas era raro, raríssimo. As pessoas pareciam se respeitar muito mais ali do que em relacionamentos ou nas interações tradicionais em bares mais comuns.

A palavra de segurança mais básica que todos usavam era a que aquele homem usava também. Já havia ouvido antes, se não me engano, e assim que a ouvi saindo da boca dele, pela primeira vez, decidi que também seria a minha. Bonita, simples e inesquecível: vermelho. Mas enquanto a palavra não era dita, tudo poderia acontecer, e essa sensação de completude pairava no ar. A não ser que o submisso, carinhosamente chamado de sub, começasse a parecer perder os sentidos. Aí, se houvesse alguém atento (e durante uma cena dessas, era difícil não haver alguém atento), ele era prontamente atendido e retirado, sem vontade própria, para seu próprio bem, do X do espancamento onde, geralmente, suas mãos e seus pés ficavam presos, ou da poltrona lavada de sangue e sêmen dele ou de outros.

Aquele homem, durante o espancamento e todas as outras práticas, imaginava que os presentes seguravam lanternas nas mãos e não as largavam jamais. Ele já havia contado aquilo para alguém do clube e ali todos acabavam sabendo muito uns sobre os outros.

Em seu devaneio, as lanternas o iluminavam. Iluminavam cada parte de seu corpo. Até que seus braços começassem a tremer e deixassem cair as luzes que se espatifariam no chão. Com isso, parecia que a fantasia dele era de ter a sensação que pequenos cacos entrassem por seu corpo.

E era assim que ele se sentia, afinal. Como se fosse uma das lanternas, que nunca acenderia. Incompetente. Que nunca existiria se houvesse alguma luz.

Caco.

Um nada.

E era assim que ele gostava.

No sangue que seu corpo imprimia no chão estava tudo aquilo que ele queria ter sido. Nos dejetos alheios, sua essência. Ele se sentia mais perto do que era, pois todos o respeitavam demais quando não estava lá, e o homem sentia que não merecia isso. Por esse motivo, a destruição era sua casa. O plano de batalha contra o inimigo mais terrível e furioso: ele mesmo.

Esse mundo não era bom. Esse mundo não traria nada que pudesse ser realmente bom, e se ele tivesse se saído tão bem aqui, o que isso diria sobre ele mesmo? Que era, provavelmente, um filho da puta. Traiu os pais que diziam que a vida seria difícil. Traiu os pais. No final das contas, só uma coisa na vida não havia saído como ele queria. Algo com sua esposa. O que causava ainda mais raiva, pois foi algo que ele não pôde controlar. Era como se tivesse traído o resto de sua vida por ter deixado acontecer o que não deveria. Ele não conseguia conviver com isso. Ele não conseguiria (mesmo!) conviver com nada disso.

Então, lembrei da voz do homem. Pensei na voz dele gritando um número vasto de expressões, antes de verbalizar a palavra final, mas parece que assim o fez. Quase certeza.

O vermelho ecoava enquanto o sangue ainda pingava no chão.

✳ ✳ ✳

Para onde o homem teria ido? Qual a razão de eu lembrar dele ali? Muito estranho. Não sei. Acho que foi aí que voltei a mim. Provavelmente logo no começo da cena, ou antes da cena, nesse ponto a certeza fica nebulosa. Por isso, em algum momento, dissolvi. Desapareci ao me posicionar no X como se a vida estivesse, finalmente, me proporcionando a redenção.

Era o limite que eu havia procurado durante todo este tempo em que perambulei pela minha própria história. Talvez pouco diferente do homem das lanternas. Talvez nada diferente do homem das lanternas.

Após algum tempo, não tenho ideia de quanto — afinal, o tempo ali é diferente —, senti minha cabeça mergulhar por completo. Se eu, antes, já não estava mais em mim, agora menos. Meu corpo flutuava. A raiva que eu havia sentido, por alguma razão, durante todo aquele tempo de vida, por ser quem eu era, havia cessado na agressividade alheia. Finalmente entregue, finalmente livre.

Dizem que o *subspace* é algo sublime, mas que o *subdrop* pode ser um problema. Tem gente que parece que nunca sai. Tem gente que diz que o *subspace* é êxtase. Tem gente que diz que é ausência. Já eu, acho que é uma mistura dos dois, pois apenas dentro do que não conseguimos nomear descobrimos algo novo.

Seu terror serve como uma droga, e é apenas quando acessamos essa droga, que entramos nessa espécie de transe. Acho que era verdade, afinal. Nunca havia sido assim. Eu não estava mais ali no bar, mas também não fazia ideia de onde estava. Espera, havíamos combinado algo antes? O que havia sido combinado?

Será que se eu falasse com a Bathory ela me diria o que combinamos? Não. Agora não mais, o jogo já havia começado, não é?

Tarde demais. O erro do não combinado pode acontecer, e acontece. Será que alguém ali estaria consciente por mim? Será que alguém ali estaria prestando o tipo de atenção pela qual minha falta de reflexo clamaria? Mas é isso... Esqueci de falar. Simplesmente esqueci. Foi muito rápido para entrar no *subspace*, e ela achava que já sabia o que eu queria, até porque tinha experiência. Eu também achava, ou sabia, e esperava que ela tivesse, então não disse nada.

Eu não estava mais lá, mesmo estando lá. E agora?

✳ ✳ ✳

1, 2, 3, 4, 5...

Assim que abro os olhos, a contagem é a primeira coisa que vem à minha mente. Não dormi direito. Faz alguns dias que não consigo dormir direito, exatamente quantos, não sei.

Quantos o quê?

Hãn?

Não sei. Não sei do que estão falando.

Nos meus roxos ainda vejo um universo. O universo pelo espelho que me diz quem sou, através do que deixei ela fazer comigo. Mas eu pedi por isso, não pedi? Eu quis. Pedi, então devo gostar.

Agora, não reconheço muito bem onde estou. Parece meu apartamento, mas as paredes estão mais escuras, a luz do sol parece não entrar direito. Na verdade, nem sei mais se é dia, ou se nunca chegou a ser.

Enfileirados na mesa de jantar, estão os pelos dos braços que eu arranquei hoje. Conto 15. Pelo menos é esse número que consigo contar. Não lembro do momento em que isso aconteceu, mas sei que eles são meus e, de maneira alguma, me esqueço da sensação, pois a cada arrancar de pelos, sinto alguma sensação de prazer. A dor aguda pinica o local de retirada e se prolonga até o dedão do pé. Cada. Vez. Que. Um. Pelo. É. Puxado. Nunca entendi a sequência maluca destes nervos que gritam em silêncio agudo por baixo de toda a minha pele. 15.

Uma coincidência acontece. Logo que enxergo os pelos, esqueço de mim e lembro da sensação, chega uma mensagem de Ms. Bathory. Uma mensagem sucinta e rápida, que só chega às vezes, assim eu sei também sem saber como. A mensagem faz uma pergunta:

"Quantos?"

Então respondo: "15".

"Ótimo!"

Ela aceitou, então hoje já foi.

Olho para meu braço e um dos pelos arrancados ainda sangra. Então passo álcool e estanco. Tudo ficará bem.

✳ ✳ ✳

Chega uma caixa em casa, sem remetente. As pessoas não costumam mandar coisas assim para mim. Ao abrir a caixa, vejo uma pinça e, junto dela, junto da pinça, um recado.

"Minha *sub*: para facilitar nossa busca."

Sim, é uma caixa de Bathory.

Mando uma mensagem para ela e agradeço o presente. Ela manda uma de volta e pergunta: "Quantos hoje?".

Eu arranco o número máximo de pelos que consigo. Do braço, o mais rapidamente possível, pois preciso ir para o trabalho.

Respondo: "23".

Ela, então, pede para ver fotos. Eu não sei o que fazer. Preciso contar de novo e ter certeza do número. E se errei? Já estou atrasada!

Ok.

Reconto.

É complicado. Os pelos são leves. Não ficam sempre no mesmo lugar. A contagem está certa, afinal.

Mando a foto. Ela responde: "Boa menina!". Sigo aliviada o resto do dia.

✶ ✶ ✶

Bathory tinha falado para mim que não gostava de pelos. Que sempre havia tido isso como uma espécie de mania, sempre ou há muito tempo. Quando a gente fica um pouco mais velho, sabe que essas duas expressões se confundem e podem muito bem parecer sinônimos. Mas, enfim, ela achava muito feio que alguém tivesse pelos e contava, com orgulho, que todo mundo que já havia sido *sub* dela arrancava os pelos, contava e mandava mensagem para ela. Isso era como se fosse uma espécie de assinatura dela, e do desejo dela sendo atendido. E eles também. Todos. Contavam com vontade, mandavam fotos com gana! Mandavam os números dos pelos contados com orgulho! E arrancavam mesmo! Tudo.

Bom... às vezes, alguns trapaceavam, então Bathory decidiu fazer algumas regras, por conta dos poucos que a tentavam enganar. Foi aí que ela começou a dar algum prazo para que todos seus *subs* arrancassem seus próprios pelos aos poucos, mas que mostrassem o que estavam fazendo. Na hora de tirar a foto e provar que haviam arrancado, jamais poderiam usar uma fita adesiva para grudá-los, por exemplo, pois Bathory também gostava da luta dos pelos contra o ar, necessária para tirar uma foto e deixá-los alinhados. Fazia parte do jogo, claro, pois se os pelos voassem por um ar condicionado ligado sem ninguém notar, um ventilador, ou pela própria respiração, a contagem deveria recomeçar.

Bathory tinha tanta aversão por pelos que, ela mesma, até careca era. Não tinha nenhum pelo no corpo.

Quanto mais o tempo passava, e mais nossa intimidade crescia, mais parecia que a Rainha Bathory ficava impaciente. Em um dos braços, eu tinha poucos pelos, pois demoravam a crescer. Não era a coisa mais rápida, não, e se toda vez que a gente se encontrasse para alguma sessão, estivesse algum pelo à mostra, eu sabia que ela poderia ficar semanas sem falar comigo, o que seria terrível, pois eu sentiria muita falta, uma falta quase sufocante de Bathory, então, eu não podia falhar.

Claro que pensei em truques: depilação definitiva, por exemplo, mas também não ajudava, pois nunca mais haveria dor naquele local. Seria coisa de uma vez só e olhe lá! Ainda assim, não seria aquela dor aguda que ela gostaria que sentíssemos. Ela ficaria feliz em me ver sem nada, mas nossa brincadeira não teria propósito. Não era apenas não ter pelos. Ela queria saber do ato de arrancá-los. Já tinha até ouvido ela falar que o ato era como uma relação sexual à distância. Algo que tira algo de nós, mas também nos dá prazer. Algo que não deixa nada de ruim ficar onde não deve.

— Ok. — Respondi. — Sem depilação definitiva nem outros truques, então, Rainha.

* * *

Cada vez que um pedido dela acontecia, eu me desmontava dentro do nosso desejo. Quando ela calava, eu me destruía. Que voltasse. Que voltasse de qualquer forma, que voltasse de qualquer jeito. Que voltasse me pedindo qualquer coisa. Eu faria. Eu faria! Precisava que ela voltasse sempre que ela ficava sem responder minhas mensagens, sem me dar nenhum retorno.

Mas aí ela voltava, e quando ela finalmente voltava, eu era eu de novo, melhor, por causa dela, por causa dos desejos dela. O melhor que eu poderia ter sido era algo que só ela me permitia, sem que eu nem soubesse. Mas ela sabia. Ela sabia muito bem que eu só podia ser feliz assim que ela me deixasse.

✳ ✳ ✳

Quanto mais o tempo passava, mais pelos arrancados eram exigidos por ela. Antes aqueles funcionais, como pelos extras das sobrancelhas. Eu já os arrancaria de qualquer jeito, era só arrancar, tirar foto e mandar. Ou os do braço, pelos mais finos, mais fáceis de arrancar. Mas depois... depois vieram os pelos pubianos e os pelos das pernas, que ela queria que eu deixasse crescer só para poder arrancar e mandar os números, separadamente, para ela.

13

27

É como se eu precisasse convencê-la, todo dia, de que sou o suficiente para saciar algum tanto de seu estômago. O vazio do estômago dela é o que me prende. A sua ignorância sobre mim, seu desdém. Isso sim me alimenta mais do que qualquer amor. E se sustenta. Me sustenta, pois do amor ainda duvidamos, mas fome, fome sempre há, e sempre haverá de novo, enquanto houver vida.

52

78

Nos últimos pelos, a dor aguda era perto de insuportável. Eu sangrava por alguns poros e, toda vez que o álcool estancava, ele ainda fazia arder. Os pelos extras da sobrancelha, eu nem sentia mais na hora de tirar, pois minha pele estava acostumada com o grande número de puxões. Um dia fui comentar isso para ela, que não gostou. Disse que toda a ideia era que eu sentisse cada um deles deixar meu corpo, sim, mas com dor. Que, se os pelos pudessem sentir, eles sentiriam que era uma escolha minha que fossem embora. Que, de qualquer forma, eles não deveriam mais estar ali. Não deveriam. Não. Deveriam. De jeito nenhum.

Então ela começou a querer assistir quando eu passava álcool após arrancar os pelos, pois aí seria mais fácil de ver a dor.

E eu fazia.

Toda vez arrancava.

Toda vez passava álcool.

Toda vez sentia dor.

Toda vez fazia vídeo.

Toda vez fazia foto.

Toda vez mandava.

E cada sorriso que eu sei que ela daria pela minha dor, mesmo que eu não visse, era o ponto alto do meu dia.

* * *

Pai viúvo, veja só! Coitado. Tão corajoso por criar uma menina assim sozinho. Parece que o pai de Ms. Bathory começou a raspar os pelos pubianos dela no início da adolescência, logo depois dela menstruar pela primeira vez. Filha única. Mãe morta. O pai não queria que ela crescesse, acho que era por isso. Devia ser por isso, então ele raspava. Raspava. Raspava. Raspava. Terminava de raspar, e lavava. Lavava. Lavava.

Não era abuso. Ele realmente só queria cuidar dela, mas aquilo a incomodava e ela nunca disse nada. Talvez fosse alguma espécie de abuso, afinal, mas não sexual. Isso ele jamais faria. Às vezes, ela até abria a boca para dizer alguma coisa, mas as palavras não saíam. Ela não entendia por que, mas não saíam. E ela queria dizer para ele parar. Ela mesma faria aquilo se fosse necessário, mas ele não deixava. Não, ele não deixava. Então ela ficava quieta, com ódio dela mesma, com ódio dos pelos. Assim que ele terminasse, então ela poderia ir jantar. E, logo depois, poderia, finalmente, ir dormir, com aquela sensação de incapacidade na voz que faltava. E fraqueza entre as pernas.

O excesso se manifesta de muitas formas, não é? E, entre essas formas, muitas vezes, pelo pouco.

★ ★ ★

Outra caixa chegou em casa, mas, dessa vez, ela parecia bem mais cheia. Se eu chacoalhava, nada acontecia. Será que tinha algo dentro? Acho que sim, pois estava um pouco pesada. Não entendi muito bem, mas já era de se esperar que Bathory tivesse feito algo fora do comum. Eu já estava entendendo que era assim que ela funcionava. Já estava entendendo que caixas chegariam quase sempre, pelo jeito. Mas por aquilo... por aquilo eu não estava esperando. Foi quando abri a caixa que congelei. Meu coração quase parou.

★ ★ ★

Minha boca não se conteve e gritou com a maior voz de surpresa que já havia saído de mim:
— Polenta!
Meu coelhinho branco de pelúcia, brinquedo preferido de toda a minha infância. Como isso seria possível? Como ela teria conseguido isso?
Ele estava lá exatamente como era quando o vi pela última vez: um pouco sujinho, com o nariz, anteriormente rosa, cinza, de tão gasto, quase transparente. A cenourinha, feita de feltro laranja, estava amarela. Era ele. De fato, era ele.
Meus olhos encheram de lágrimas e dei um abraço tão forte no Polenta que não conseguia mais imaginar soltá-lo. Não o via há tanto tempo! Como aquilo podia estar acontecendo? Será que outra pessoa o havia mandado para mim? Nada a ver com a Bathory? Mas por quê? Por que alguém faria isso, e mais do que isso, o que ele estava fazendo ali?
Comecei a tremer, e assim que meu peito se encheu de um sentimento desconhecido, chegou uma nova mensagem de Bathory:
"Recebeu o novo presente?"
Respondi:

"Como você conseguiu isso?"
Então, ela respondeu:
"Use a pinça. Tire os pelos dele e me mande."
"Todos."

* * *

Fiquei alguns minutos olhando para a mensagem sem acreditar no que estava escrito no visor. Se ela queria dor, por que estava me mandando fazer algo em um bicho de pelúcia? Ele não ia sentir nada...

Ok. Ele não ia, mas eu ia, não é?

Não precisei pensar muito para entender que o sadismo dela ia além do físico. Ela queria minha dor emocional, ela queria a pior dor do mundo possível, exposta. Como ela tinha conseguido meu brinquedo preferido, não sei. Só sei que teria que destruí-lo se quisesse continuar tendo Bathory como minha dona. Eu poderia ter dito "vermelho" e parado com tudo. Sim, eu poderia. Poderia ter dito que não faria aquilo, mas algo em mim dizia que eu precisava fazê-lo. Não sei dizer por que, mas precisava. Não havia outra forma. Eu tinha que ouvir Bathory e seguir com o plano dela.

A sensação mais estranha da minha vida até ali, talvez.

* * *

A cada pelo do Polenta que eu arrancava, parecia que ele me olhava, que me julgava. Aquele maldito sorriso eterno fazia tudo parecer pior ainda! Eu arrancava, um por um, com a pinça que ela havia me mandado, e ele ficava ali, sem gritar e sem sangrar.

A felicidade que tive ao reencontrá-lo foi proporcional à dor por arrancar cada pelo dele. Sim, arrancar um pelo dele doeu mais do que arrancar todos de mim. Ao arrancar cada um, a raiva por estar fazendo aquilo, por ter consentido. Raiva por não ter conseguido responder do jeito que eu deveria para Bathory, por ser vulnerável e por existir qualquer espécie de controle do outro em relação a mim.

Raiva.

Arranquei, arranquei, arranquei. Parecia estar num transe de tanto arrancar, de modo que agora ele era só olhos e cenoura. Olhos, quase focinho e cenoura. Tecido, enchimento e cicatrizes de um bicho sem pele. O sorriso eterno agora mostrava ódio por mim. Traição. Um "Como você pôde?" sem nem precisar dizer nada nem mudar de expressão.

"Eu sei."

"Não sei como eu pude."

Ao terminar, enfileirei todos os pelos dele, que tomaram quase conta do chão da sala inteiro, tirei uma foto e mandei para ela.

Chegou uma mensagem.

"Quantos?"

Passei a madrugada contando, mesmo precisando acordar cedo no dia seguinte.

Não fui ao trabalho naquele dia.

Não fui ao trabalho no dia seguinte.

Não fui ao trabalho por quase cinco dias.

Faz tempo que não vou trabalhar. Talvez eu não saiba quanto tempo, afinal. Tive que faltar.

Não consegui parar. Perdi a conta algumas vezes, várias vezes. Enquanto isso, ela me mandava mensagens, me perguntava dos números. Eu dizia o tempo todo que ainda estava contando. Tentava anotar num papel. Às vezes, mesmo assim, eu errava.

Quando chegava perto demais e respirava muito forte, eles voavam. Pelo de bicho de pelúcia é ainda mais leve. Um inferno.

Terminei quando já era quase noite, depois de quatro dias e meio, acho.

Tive que começar do zero e fazer jus ao pedido dela.

Consegui contar duas vezes até o fim. Que bom que o número coincidiu!

"5.827.934".

Mensagem enviada.

Após algum silêncio e muito de minha ansiedade à flor da pele, a resposta:

"Boa menina!"

Um sorriso tomou conta do meu rosto, mas logo se desfez.

✱ ✱ ✱

Eu olhava para Polenta e me sentia destruída.

Chorei abraçada com o resto dele e deitada nos pelos, que agora estavam todos em mim. Que Rainha Bathory não soubesse disso.

Dormi no chão da minha sala, coberta de tempo, de alguns pelos dele e mais nada.

✱ ✱ ✱

No dia seguinte, fui acordada por Polenta, que olhava para mim com os braços cruzados, batia o pé no chão e reclamava:

— Você viu só o que você fez comigo?

Enquanto eu levantava, incrédula, franzia o cenho para tentar enxergar algo que, talvez, tivesse escapado ali, algo que trouxesse a compreensão da situação.

Como diabos aquilo estava acontecendo?

— Olha aí! Agora tá cheia dos meus pelos na cara. (...)

— Adiantou alguma coisa tudo isso? Eu estou aqui assim, agora, pelado. Como pode? Francamente, viu...

Polenta continuou:

— E você sabe que não vai nascer de novo, né, que nem nasce em você? Olha... vou te contar!

Continuei olhando para ele sem conseguir me mexer.

— Bom... vem, levanta! Deixa eu te fazer um café pra melhorar essa sua cara.

Eu ainda estava paralisada e abismada:

— vem!

Quando um coelho de pelúcia, depilado, fala com você e ainda te oferece um café, você só vai.

✱ ✱ ✱

No trajeto da sala para a cozinha, olhei para as minhas paredes e todas elas faziam desabrochar rosas vermelhas, lírios brancos e cravos. E no meio deles, uma flor que eu nunca tinha visto naquele lugar. O que seria aquilo? Era isso mesmo? Não podia ser! Pênis? Sim. Pênis desabrochando. Vários. Sempre eretos. De todos os tamanhos, cores e jeitos. Virados para a esquerda, direita ou retos. Ao lado deles, vaginas, também de todos os jeitos e formas. Abriam-se como leques e se mostravam para mim. Não conseguia entender como aquilo era possível. Esfreguei meus olhos mil vezes e tentei entender outras mil, mas talvez faça menos sentido tentar entender, não é?

Acho que sim. A compreensão da vontade pode ser o que assassina o desejo.

* * *

O coelho de pelúcia fez o café com toda a desenvoltura possível na minha cozinha. Ainda bem bravo e com a cara emburrada, parecia passar por cima disso por uma causa maior ou algo do tipo, não sei ao certo.

Ficamos alguns minutos na cozinha olhando um para o outro. Ele sabia onde estava o café, ele pegou a água. Ele ligou o fogão. Crianças não podem mexer com fogo, mas parece que um coelho de pelúcia está liberado, afinal, ele tinha a desenvoltura de um adulto. Pois é! Eu achava que mais bizarro do que isso não ficaria.

Assim que a chaleira apitou (sim, ele fez o café da maneira mais tradicional possível, afinal, ganhei-o nos anos 1980, né?), ele descruzou os braços, parou de olhar para mim e me pediu para buscar uma xícara. Fiz o que ele havia mandado e as coloquei na mesa da cozinha, enquanto o coelho despejava o café, então, disse:

— Sem açúcar, né?

— Uhum.

— É! Pessoas como você não tomam café com açúcar. — Ressentido. Assim que me entregou a xícara para beber o café, disse:

— Isso. Agora é aqui que você se solta completamente. Vamos lá!

Eu dei um gole grande, ele arregalou os olhos, fez um "oooops" agudo, e bateu na mão com que eu segurava a xícara.

Ela voou de minha mão, mas nunca caiu em lugar nenhum. Fiquei esperando o barulho, mas ele nunca chegou. Foi quando olhei em volta e percebi que estava em outro lugar.

* * *

Várias mulheres nuas usavam máscaras de coelhos e assistiam a um homem, também nu, ser amarrado, um homem com um capuz que cobria completamente o rosto dele. A cada novo nó no homem, risadas mais altas. Delas. Em uníssono, sempre em uníssono.

O homem se contorcia e gritava.

Torciam os dedos do pé dele com hashi.

O homem gritava.

Jogavam velas derretidas no que aparecia do pescoço dele.

O homem gritava.

Prendiam o mamilo dele com as cordas do Shibari.

Ele gritava ainda mais alto.

As cordas, quando se moviam, raspavam o corpo dele como cobras ásperas, sádicas e constantes.

No torcer de seus dedos, eles quebravam, e elas aplaudiam.

Ele chorava alto.

As mulheres-coelho ficaram em polvorosa. Decidiram, então, tirar o capuz e começar a balançá-lo.

Assim que o balançavam, ele chegava muito perto da parede e começou a temer bater. Dava para sentir. As mãos dele estavam presas, os pés, também. Quanto mais medo ele demonstrava, mais elas riam e se divertiam. Elas, então, balançaram o homem tão alto, que as cordas, finalmente, soltaram. O homem caiu com a cabeça no chão e, assim que caiu, uma poça de sangue tomou conta do piso e abraçou os cabelos que emolduravam os olhos abertos dele. Elas nunca pararam de sorrir. Talvez só um pouco, quando perceberam que ele ainda parecia estar vivo, pois algo nele se mexia, ele ainda gemia. Foi aí que uma delas chegou com uma agulha, uma linha, e começou a costurar a pele do homem. Ela costurou a palavra "amor", flores e um coração. Quando ela terminou o último desenho, ele ejaculou e fechou os olhos para nunca mais abrir.

Penso que algo ali não deve ter sido combinado direito, mas entendo o absurdo desse pensamento, afinal, o que pode ser combinado só vai até onde um acordo é possível. Lá, as palavras não tinham espaço, nem definição. O que definia tudo era só a dor, que estava lá exatamente para ser sentida.

* * *

Polenta subiu no homem morto, com aquele sorriso no rosto e apontou para a parede atrás de mim, sem dizer nada. Quando olhei para onde ele apontava, vi a mim mesma. Não dava para ver direito, mas sabia que era eu, projetada numa parede que eu nem sabia previamente existir. Na imagem, eu estava suspensa nas mesmas cordas que suspendiam o homem. A diferença é que eu parecia bem, gostava da sensação, parecia confortável, com prazer. Balançava com graça como uma bailarina, me divertia com a falta de gravidade, muito diferente do homem que havia visto anteriormente. Então, na projeção da parede, aos poucos, me transformei em um bebê, mais precisamente, em um feto vermelho dentro da barriga vermelha de minha mãe. A suspensão com o Shibari é isso, não é? A sensação de nos lembrarmos quando tivemos o máximo de conforto de quando fomos fetos, aquela época que eu achava que tinha esquecido, que não me tinha. Aquilo que eu achava que não lembrava, por isso faz sentido. Por isso, aqui, tudo o que não faz sentido faz sentido.

* * *

Ao olhar em volta, novamente, a entrada do que parecia ser um parque. Dentro do parque, um circo. Dentro do circo, os desejos. Claro. Todos possíveis. A plateia, toda nua, estava abarrotada de gente que, vidrada, não tirava o olhar do picadeiro e assistia a tudo o que acontecia ali, como se cada um enxergasse uma mágica particular.

"Picadeiro". Polenta disse com uma cara de sádico, tentando fazer uma piada, eu acho, à qual respondi com um sorriso amarelo para fazê-lo esquecer da sessão de depilação que eu o havia dado de graça e sem ele querer. É! Realmente, naquele momento, não havia existido o consentimento do coelhinho.

O show começou com cinco palhaços que borravam suas maquiagens uns contra os outros, e só deixavam de sorrir quando estavam se beijando. Saliva voava por todos os lados e repousava nos rostos alheios de quem ficava mais perto. Alguns eram homens, outros eram mulheres, mas isso não importava. Todos faziam as vezes de um desejo que surgiu em um momento do passado, mas não era possível significar.

Seguia o jogo.

Seguia o show.

Seguia o sexo.

* * *

As trapezistas. Duas. Faziam, juntamente com os cuspidores de fogo, um show burlesco de tirar o fôlego.

Tirar.

o.

Fôlego.

Eram momentos de agarra e solta no ar, enquanto as duas, nuas, apenas com asas de corvos como figurino, e com os olhos negros, voavam pelos ares como pássaros em uma revoada.

Sem hesitar.

Sem medo.

Com liberdade.

No resto do tempo que estive lá, muitos espetáculos se seguiram: contorcionistas que conseguiam se girar até alcançar um jogo de encaixe sexual em posições jamais vistas, uma domadora que controlava os homens nus com cabeças de leões, um engolidor de espadas, que colocava em sua garganta tudo o que lhe oferecessem, e gozava com isso, e um mágico que conseguiu fazer com que sumisse toda e qualquer inibição dos presentes ali.

O sexo é curioso. Quanto mais você sente, faz e se deixa ir, menos qualquer coisa parece fazer parte do absurdo.

✶ ✶ ✶

Mas foi no final do show que a coisa toda começou a ficar mais relacionável para mim. A mulher barbada chegou, andou até o meio do palco e, assim que o canhão de luz focou apenas nela, começou a arrancar todos os pelos da própria barba. Começou e não parou. Enquanto isso, todos continuavam assistindo com atenção. Vidrados, ninguém tirava os olhos. Mais de 25.000 fios retirados. Ninguém estava com sono. Ninguém estava cansado.

A mulher tirava os pelos e sangrava. Sangrava e gozava. As lágrimas escorriam pelos olhos dela, ao mesmo tempo que ria. Apenas ao meu lado, Polenta, olhando para mim meio frustrado, de braços cruzados, ainda bem bravo, e eu entendi que era por ele ter sido depilado. Ele nunca ia me perdoar.

No final do show, todos aplaudiram o espetáculo de cores, sons e desejos. Por algum motivo, também não senti cansaço ao ver a mulher barbada arrancar 25.324 pelos. Também não sei a razão de eu saber a exata conta, se ela nunca contou em voz alta. Bathory que me perdoe.

Finalmente, acolho o prazer dela, prazer que antes, mesmo sem ser compreendido, já era alimentado por mim, sim, é verdade, porém agora entendo a fascinação que acontece ali.

Entendo.
Entendo tudo.
Quase tudo.
Entendo o que acho que entendo.

✶ ✶ ✶

Saímos do circo. A lona sumiu, levada pelo ilusionista, e revelou o resto do parque logo que pisamos lona afora. O parque não parecia muito grande, mas era consumido por luzes amarelas e trazia uma calma que eu jamais poderia ter encontrado em outro lugar. Aconchegante. Solar. Realmente bonito.

O cheiro de algodão doce tomava conta de todo o ambiente e, ali, senti-me acolhida, segurando Polenta no colo. Somos tudo isso, não é? Eu e Polenta. Meu passado. Meus desejos. Meu futuro. Cada um em uma caixinha, mas ainda assim existindo. Tudo o que havia de perverso e inocente. Juntos de maneira latente, em mim.

Chamamos de brinquedos os objetos sexuais. Chamamos de fantasia o que criamos para satisfazer nossos desejos. Quando adultos, o lúdico só tem lugar no sexo. É lá que somos ainda, um pouco, permitidos de sonhar. Ainda, brinquedos, outros brinquedos. Ainda, fantasias, outras fantasias. No parque, tudo era sexual, ao mesmo tempo que nada era. Dominadoras andavam de mãos dadas com ursinhos de pelúcia. Mulheres e homens nus se divertiam no carrossel feito de membros masculinos. Rodavam, lentamente e eternamente, ao som de Massive Attack e Portishead. Homens submissos eram torturados por seus bichinhos de pelúcia com velas e *floggers* de *Spanking*, até gritarem "vermelho". Tudo acabava no vermelho.

* * *

Polenta ainda estava um pouco frustrado, emburrado.

* * *

A volta para casa foi silenciosa, sem muita magia ou cafés caindo sem fim. Apenas andávamos por não sei onde, pisando em muito lugar nenhum. Acho que Polenta jamais ia deixar de ficar frustrado com a situação, e eu ainda me sentia muito mal por ter feito o que havia feito com ele, apesar de eu ter descoberto que meu adorável bichinho de pelúcia da infância podia ser bem grosso e estranho, na verdade. Porém, acho que, no fundo, ele me entendia. Entendia que não havia uma maneira de controlar aquele meu instinto de agradar Bathory. Pelo menos, acho que entendia.

Todo o caminho de volta foi coberto das mesmas flores que cobriam a parede do início da jornada. E, sim, o resto também. Tudo era bonito, delicado, ao mesmo tempo em que sentia agressividade em tudo aquilo. Eu lembrava de quem havia sido e de quem era, do que tinha visto e do que queria ver, do que eu tinha sido, e do que queria ser.

* * *

O sexo precisa ser lúdico. Se ele estiver na ordem da rotina, sempre, é frustrante. Há vibradores de coelhinhos e de borboletas. O amor não é visto. A paixão não pode ser tocada. O desejo, muito menos. Mas você sente o desejo, não sente? Sente a paixão entre suas pernas, irradiando para cada parte do seu corpo, até seus dedos ficarem dormentes, até você sentir suas mãos em excesso.
— Por que você acha que são chamadas fantasias sexuais?
Polenta me pergunta, retoricamente.
— Não é coincidência? Tudo sai do mesmo lugar.
Brinquedos. Fantasias.
A blusa do Mickey de quem acaba de ter uma sessão BDSM e se troca para ir dormir. A meia de gatinho de uma dominadora.
É. TUDO. UMA. GRANDE. FANTASIA.

* * *

Polenta caminha rindo e se enfia na caixa, onde volta a ser um objeto inanimado, por livre e espontânea vontade. Ainda sem pelos. Logo após a transformação, tento fazê-lo falar, se mexer, mas sem sucesso. Vou pegar água na cozinha. Quando volto, a caixa não está mais lá.

Abro a porta da frente e, também não está. De alguma maneira, Polenta nunca existiu além da minha infância. Ou numa caixa sem inscrição, apenas com destinatário, sem remetente. Mais um "rabbit".

* * *

Em casa, nenhuma mensagem no celular havia chegado até então. Estranho. Parecia que Bathory sabia quando, de fato, eu não poderia responder. Já eu não conseguia mais parar de pensar na mulher barbada e na facilidade com a qual ela arrancava os pelos e todos viam, inertes, como eu. Que experiência! Em nenhum momento sofreu com dor, ou pareceu reclamar. Ela só estava lá, na frente de todos, apenas lá bancando quem queria ser, apenas bancando o que queria fazer sem fazer mal a alguém. Mesmo com sangue, nem sei se fazia mal a ela mesma.

Eu sabia que Bathory não me queria com pelos. Então eu também não deveria querer. Pois é isso, não é? Minha dominadora poderia me trocar se eu não bancasse o meu desejo. Bathory poderia ir embora! Minha cabeça começava a fervilhar:

— Não, não, não...

Minha voz saía em voz alta sem eu nem mesmo perceber. Eu não poderia passar por isso. Não poderia. Eu tinha problemas com pessoas indo embora, um grande problema com pessoas indo embora. Isso era mais importante. Bathory era mais importante. O que ela queria era mais importante do que tudo! Eu já tinha tirado os pelos do Polenta. Isso tinha sido pior, muito pior!

Então era isso. Eu havia decidido: arrancaria tudo, cada pelo que ainda existia em mim. Tudo, tudo mesmo! Absolutamente tudo.

TUDO!

E ela se orgulharia de mim. Sim, se orgulharia. Finalmente, teria orgulho de mim.

* * *

Comecei com as pernas. Me concentrei para conseguir arrancar um por um. A cada pelo arrancado, um pouco do que ela exigia que eu não fosse, e eu, com toda a vontade, não seria.

Cada.

Um.

Arrancado.

Alguns ainda sangravam.

Às vezes, lembrava da palavra "Vermelho".

Tudo bem.

Tudo bem.

Era por uma causa maior.

Depois de algum tempo, parei de sentir minhas pernas direito. Elas eram apenas uma dor aguda que se seguia para o resto do meu corpo. O álcool ainda estancava o sangue, mas não fazia as pernas pararem de tremer. Os buracos ocos com falta de sangue eram aqueles que me salvavam um pouco.

Fui para os braços. Ali, não sangrei muito, mas os pelos eram mais finos. Pareciam muito com os do Polenta.

Foi mais rápido, afinal, eu já os havia arrancado bastante antes e, por alguma razão, como já dito, eles demoravam a crescer.

Os pontos perto das articulações faziam doer mais.

A dor se confundia com coceira, mas o cansaço não se confundia com nada, era só cansaço.

E alguma angústia.

E tempo.

No meu braço, os pelos eram muito claros, então a concentração precisou ser muito grande, pois eu não poderia perder nenhum.

Comecei a sentir uma dor de cabeça insuportável com o foco que precisei ter, com toda a concentração que a tarefa me exigia. Mas tudo bem, valeria a pena.

Ainda não havia chegado nenhuma mensagem de Bathory e, da próxima vez que chegasse, ela finalmente se surpreenderia. Eu sei que se surpreenderia comigo.

Mesmo com a cabeça bastante dolorida, segui para o rosto. Minhas sobrancelhas deixaram de fazer sentido, pois no espelho só conseguia me enxergar horrorosa com cada pelo ali.

Entendia a escolha de Bathory de não ter mais esses pelos. Tremendo em um canto, eu arrancava um por um com a pinça enviada por ela, e ia contando: 1, 2, 3, 4... 67, 74, 80... às vezes, eles demoravam mais para sair.

— Droga! Droga!
A ansiedade. A angústia. O álcool.
Esterilizar.
O medo da mensagem de Ms. Bathory chegar no celular e eu perder a conta.
Errar. Não saber qual era o número.
E era aí. No medo. Que eu perdia a conta. E, quando perdia a conta, eu mesma começava a chorar e ofegar desesperada.
Não podia.
Não podia.
O que eu diria? O que ela diria? E se a mensagem chegasse naquele momento?
— Ah não... Ah, Meu Deus!
Então eu contava de novo. Todos os pelos que eu havia tirado e colocado no chão, lado a lado, para que ela não brigasse comigo. Quando perdia a conta, começava de novo.
E era difícil contar.
Eu não conseguia contar.
Estava difícil.
Eu tremia muito. Cada vez mais. Cada vez mais difícil.
— Ah, não. Não, não, não, não.
1, 2, 3...
Eles não paravam.
Eles não paravam.
Perdia a conta no começo.
Perdia a conta no meio.
Perdia a conta no fim.
Tremia.
Tremia.
Mas espera.
Faltava ainda.
Claro!
A conta teria dado errado.

Ainda bem que me lembrei.

Ainda bem que entendi!

Tinham os cabelos ainda! Lógico!

Quando decidi começar a arrancá-los, foi que doeu mais. Eu já estava com a dor de cabeça da concentração necessária para arrancar os pelos do braço, e os cabelos são teimosos. A pinça não dava conta. A tremedeira fazia tudo ser mais difícil, mas eu não desistiria. Claro que não!

Comecei a arrancar pequenos tufos.

De 5.

De 6.

Eu também não poderia arrancar muitos ao mesmo tempo, senão perderia a conta.

Cinco.

Seis.

Doze.

A cada arrancar dos tufos, uma dor insuportável.

Combinada à dor de cabeça, o desespero crescente.

Eu não podia arrancar demais e perder a conta.

Fiquei nervosa.

As lágrimas escorriam e eu não sabia se era por dor ou desespero.

Eu tremia cada vez mais, tanto que, quando arranquei um dos tufos, arranquei mais do que devia.

36.

Quando arranquei mais do que devia, a pele do couro cabeludo levantou em uma ferida e um fio de sangue escorreu pelo meu rosto.

Sangue. Vermelho.

Eu deveria parar, mas não consegui. Não pude. Continuei.

Quando terminei, a gola da minha camiseta estava ensopada daquele sangue.

O álcool não faria passar, não aliviaria nada e, por isso, sei que ela estaria feliz.

Era isso.

Era isso que Bathory queria.

* * *

A dor não importava.
    Nada disso importava.
    Importava que eu conseguisse contar tudo o que havia retirado de mim.
    Agora era a hora de contar.
    Nenhuma mensagem ainda.
    Eu tinha algum tempo.
    O problema era respirar.
    Dor de cabeça. Dor nos olhos. Sangue no rosto.
    Tudo fazia a contagem mais difícil.
    Então eu chegava mais perto.

* * *

Os pelos se mexiam quando eu respirava, e quanto mais perto deles eu respirava, mais os pelos voavam e dificultavam minha conta. Paravam de se mexer quando eu deixava de respirar. Era isso, então! Era esse o segredo!
    Percebi que qualquer vento ainda poderia fazer os pelos voarem ainda mais longe. A resposta era vento nenhum, não era? Claro que era! Eu já sabia disso.
    Absolutamente nenhum.
    Quanto tempo eu conseguiria ficar sem respirar?
    Precisava respirar menos.
    Contava.
    Contava mais.
    Conseguia contar mais.
    Cada.
    Vez.
    Respirava.
    Menos.
    Com o menos eu pude existir o tanto que achei que merecia. O tanto que acho que Bathory queria de mim, no final das contas. Aí que finalmente pude ser o que havia como uma espera dela.

Segurando a respiração para contar, vi tudo o que faltava ter reparado no meu passado. Acho que tudo o que eu havia sido foi compreendido por mim, pela primeira vez, por completo. O que eu era, o que eu negava, a razão de eu amar tudo o que amava e odiar tudo o que odiava.

Não respirei até respirar se tornar difícil. O estranho, agora, seria se eu respirasse. Era como a sensação de não poder voltar atrás numa briga, pois o seu orgulho fez de você alguém que você gostaria de ser, e agora não poderia mais ser quem você tinha vergonha de admitir que era para si mesmo, para o mundo.

A respiração cessou completamente.

Os pelos deixaram de voar e nunca mais voariam. Não por algum vento vindo de dentro do meu corpo.

*　*　*

Foi no nono minuto que morri.

E contei até 5786.

A dor dos pelos arrancados foi que atrapalhou.

Eu já tinha contado tanto mais antes! Ainda faltava contar muito, mas não teve jeito. Deixei de respirar antes de terminar a conta. Irônico. Assim que deixei de respirar completamente, a mensagem chegou.

"Quantos?", Bathory perguntava.

Já havia contado alguns, mas, se eu tivesse visto a mensagem, sei que perderia a conta de novo, eu sei. 5786, mas não tinha como escrever. Minhas mãos não respondiam mais a meus comandos. Tentava gritar, mas não havia mais voz. Prendi a respiração por quanto tempo? Quanto tempo fiquei sem respirar? Cinco minutos... e pouco... acho. Não conseguiria mais contar nada. Será que, de alguma maneira, agora Bathory estaria feliz?

*　*　*

1, 2, 3, 4, 5...

Fui ainda mais fundo. *Subdrop* instantâneo. Seria possível isso?

Onde eu estava? Sem conseguir respirar, estava onde eu sempre deveria ter estado. Eu sabia que deveria ter sido punida. Eu tinha certeza! Desculpe, mãe. Desculpe. Eu não poderia deixá-la passar por isso sozinha. Leucemia maldita. A falta do sangue. Vermelho. Você sem cabelos. Me desculpe!

Papai raspou o cabelo dele, me mandou fazer o mesmo. Pediu para raspar. Raspei, você bem sabe, mas não foi o suficiente. Você não tinha nenhum cabelo, e os meus, os meus continuaram crescendo, então arranquei todos. Cabelos, pelos... o que quer que fosse. Você não podia ser a única a passar por isso, você sabe. Não ia passar por isso sozinha. Você podia querer me punir, me bater por arrancar o meu cabelo que você achava tão bonito. Mas se raiva fosse o que te trouxesse de volta à vida, então que fosse! Qualquer coisa para que você voltasse, saísse da cama daquele hospital horrível.

Deveria ter te socorrido. Devia ter feito alguma coisa, mas eu era tão pequena. Tão pequena! Onze anos, imagina... uma menina com seu coelhinho de pelúcia naquele hospital enorme. E quando eu estava lá, você dormia aquele sono do câncer, só o Polenta parecia me entender. Apenas ele. Então eu o abraçava tão forte, mas tão forte, que devo ter arrancado todos os pelos dele com essa força. Sabe, mãe, nas horas em que a gente sofre, a nossa cabeça volta para o que nos acolheu mais verdadeiramente um dia. Sempre vai voltar.

* * *

Eu não sabia muito bem o que fazer naquela época. Havia visto, um dia, especificamente – aquele maldito dia –, todas aquelas agulhas no seu braço. As veias que, às vezes, estouravam e faziam pingar sangue no chão. Você tão quieta. Meu pai acreditando que nossa falta de cabelos faria você acordar. Você desacordada. Doente. Tão pequena.

Parecia até menor do que eu. Seria possível? Eu deveria ter te protegido, não é? Deveria, mas não pude. Não consegui. A doença fez as vezes de tempo e te levou. A Bathory sou eu, já sei. Sou eu. Eu que me agrido, pois preciso. Preciso, para que um dia você possa me perdoar por ter te deixado ir, mesmo que eu não pudesse fazer nada para que você ficasse. Nem a quantidade certa do remédio, eu soube. Nem os meus excessos do pouco que você tinha. Se eu soubesse os exatos miligramas. Se soubesse contar direito...se eu soubesse quanto de alguma coisa faria você ficar...

Nem mesmo tirar meus pelos.

Raspar meu cabelo.

Sofrer.

Nada.

Nada.

Nada.

Saudades de você, mãe.

Queria que você nunca tivesse ido embora.

✶ ✶ ✶

— Eu sei por que você quer me odiar.

Meu pai gritava a plenos pulmões no velório de minha mãe. Chorando, inconsolável, debruçado no caixão.

— Eu sei! Eu sei!

Ele era um bom homem. Coitado. Um tio meu teve que tirá-lo de cima do caixão, que quase caiu de tanto que ele sacolejava ao chorar. Nunca tinha visto meu pai daquele jeito.

✶ ✶ ✶

Naquela noite, para piorar, acabou a luz. Nós, iluminados apenas por velas, seguramos lanternas na sala do velório. Como seria possível não ter um gerador? Pois era isso. Nada. Eu nunca havia visto nada mais aterrorizante. Minha mãe no caixão, coberta de rosas. Em volta dela, as coroas de lírios e cravos. Minha mãe, claro, sem um pelo no corpo, por conta da quimioterapia. Sem uma alma, também.

Ela era o amor e o desejo dele, do meu pai. Sempre havia sido. A menina mais bonita do colégio, e ele a havia conseguido. Minha mãe e seus longos cabelos, que se emaranharam nas mãos dele, até ela perdê-los. Nossos cabelos eram parecidos. Os meus e os da minha mãe um dia já tinham sido parecidos.

Era bem bonito o que ela e meu pai tinham. Bem bonito! Aquilo sempre me orgulhou, pois não via aquilo com frequência em outros casais, em casais de pais de amigos.

* * *

Naquele dia, durante o velório de minha mãe, menstruei pela primeira vez. Já não bastasse o que estava acontecendo, agora tinha sangue entre as minhas pernas que eu só consegui ver quando amanheceu, pois o escurão da falta de luz havia me impedido até então. Por toda noite, eu achei que era só uma cadeira grudando. Não entendi muito bem.

Assim que amanheceu e eu percebi o que havia acontecido, minha tia foi comigo ao banheiro, me ajudar a me lavar na pia. Foi buscar novas roupas em casa para mim. Era isso agora, não era? O vermelho ia me fazer crescer. Puberdade. Pelos. Períodos menstruais.

Então eu cresceria e dali a pouco, eu iria embora de casa.

Coitado do meu pai.

Coitado.

Sozinho.

* * *

1, 2, 3, 4, 5...

A verdade?

O que realmente aconteceu desconsiderando o caminho tortuoso entre meu passado e meu delírio com o Polenta?

Estou no bar BDSM.

Realmente estou.

Faço uma cena pública, mas agora me enxergo fora de mim.

Realmente há alguém aqui me batendo, mas quem é?

Não sei.

É um homem.

O homem que estava preso nas cordas com as mulheres vestidas de coelho.

Que interessante...

Bathory só existe em mim, já sei.

Não sinto mais minhas pernas faz tempo, mas vejo o sangue que escorre pela parte de trás dos meus joelhos. É tudo muito parecido com como eu senti minha menstruação, no velório de minha mãe. Talvez isso tenha me transportado para o meu passado. Talvez isso tenha me transportado para o aconchego de Polenta.

O dominador me bateu e eu não consegui pedir para parar, e então deixei de existir.

Parece que ninguém soube o que fazer.

Quando parei de respirar no sonho, morri no bar BDSM durante a prática.

Logo que cheguei, disseram que era um novo dominador. Novo dominador não sabe ler o corpo quando esquecemos o que dizer. "São, seguro e consensual", às vezes, vira mito.

Ele não soube a hora de parar.

Talvez eu devesse ter dito.

Talvez eu devesse.

— VERMELHO!

Mas às vezes tenho disso, de não conseguir dizer o que preciso.

Como não consegui dizer tudo para minha mãe antes dela morrer.

Como não consegui dizer "eu te amo" ao meu pai tanto quanto quis.

Mato Bathory como posso. Me alimento como quem obedece. Prendo a respiração para não morrer nas mãos dele, só que morro.

Cada minuto, uma eternidade.

Subdrop sem volta.

Apanhei para viver, mas morri.

Tempo.

Quais são suas dores?

Quais são seus traumas?

Quais são suas fantasias?

Quanto tempo você acha que consegue ficar sem respirar?

Autora de nove livros e apontada por grandes veículos como uma das responsáveis pela renovação da literatura insólita atual, **PAULA FEBBE** também é psicanalista, roteirista premiada e podcaster.

I feel you
Your precious soul
And I am whole
I feel you
Your rising sun
My kingdom comes
— **DEPECHE MODE** —

DARKSIDEBOOKS.COM